光文社文庫

長編時代小説

# 沽券《こけん》

吉原裏同心⑽

決定版

佐伯泰英

KOBUNSHA



光　文　社

# 目次

## 新吉原廓内図

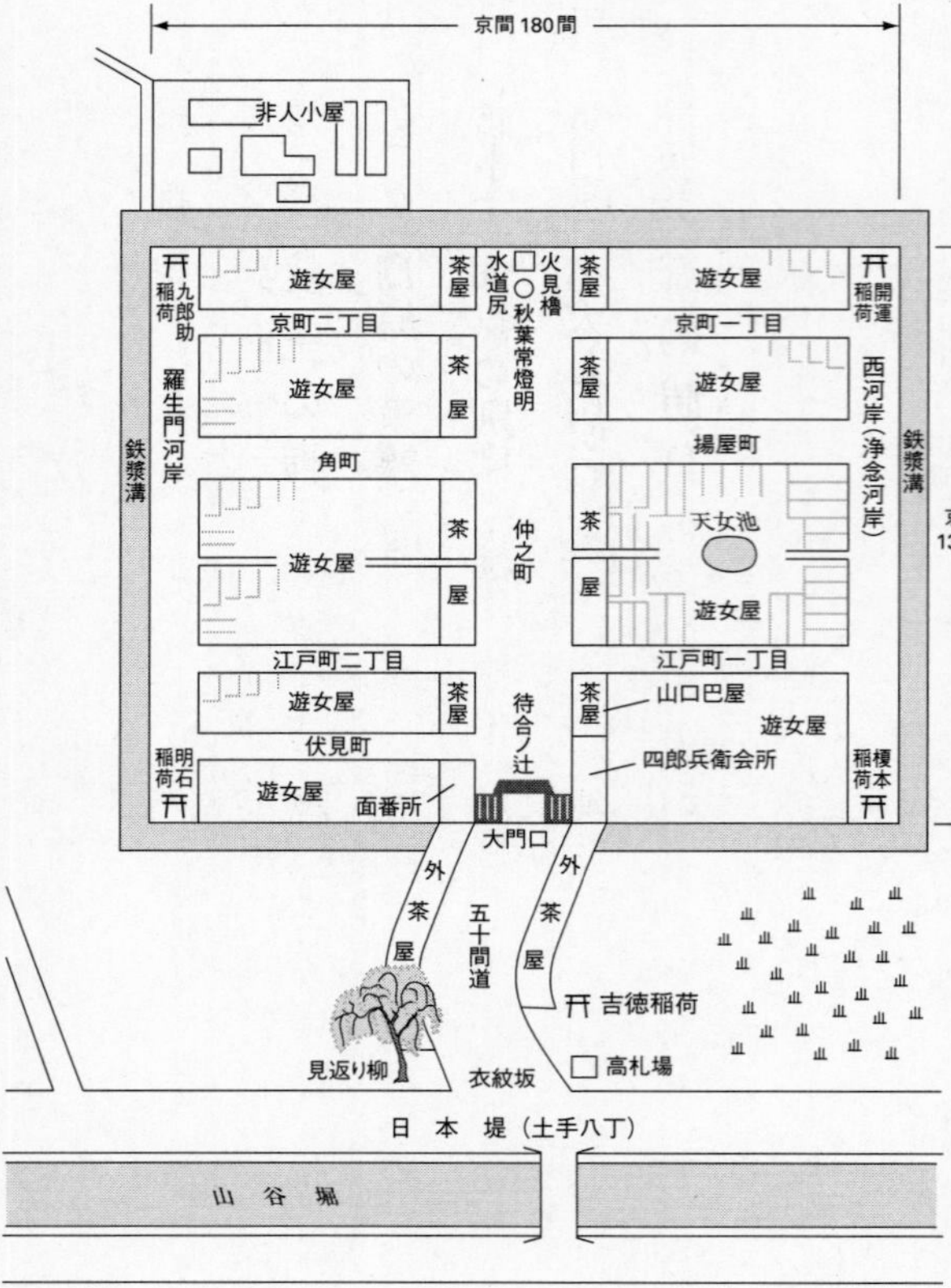
京間180間
非人小屋
九郎助稲荷
遊女屋
茶屋
水道尻
火見櫓
秋葉常燈明
開運稲荷
京町二丁目
京町一丁目
羅生門河岸
西河岸（浄念河岸）
鉄漿溝
揚屋町
角町
天女池
仲之町
京間135間
江戸町二丁目
江戸町一丁目
待合ノ辻
山口巴屋
伏見町
四郎兵衛会所
明石稲荷
榎本稲荷
面番所
大門口
外茶屋
五十間道
吉徳稲荷
見返り柳
衣紋坂
高札場
日本堤（土手八丁）
山谷堀

北
東
南
西
荒川
千住大橋
鐘ヶ淵
千住道
隅田川
小塚原
三河島
日暮里
田端
駒込
谷中
日本堤
金杉上町
新吉原
鷲神社
今戸町
山谷堀
今戸橋
千駄木
白山
下谷
東叡山寛永寺
浅草寺
根津権現
御薬園
小石川
本郷
中堂
卍幡随院
広徳寺
阿部川町
東本願寺
浅草花川戸町
吾妻橋
竹町ノ渡し
伝通院
不忍池
新堀川
田原町
三間町
並木町
駒形堂
菊坂町
池之端仲町
下谷広小路
湯島天神
春日町
御徒町
蔵前
水戸徳川家
牛込
森田町
御米蔵
石原町
神田明神
外神田
神田川
向柳原
天王町
浅草橋
柳橋
御竹蔵
牛込御門
小石川御門
水道橋
神楽坂
昌平橋
筋違御門
和泉橋
柳原土手
両国広小路
本所
番町
田安御門
俎板橋
雉子橋御門
一ツ橋御門
内神田
馬喰町
両国橋
回向院
市谷
神田橋御門
竪川
市谷御門
清水御門
小伝馬町
今川橋
日本橋
新大橋
常盤橋御門
北町奉行所
小名木川
室町
江戸橋
麹町
江戸城
半蔵御門
呉服橋御門
日本橋
南茅場町
仙台堀
深川
材木町
西之御丸
永代橋
鍛冶橋御門
南町奉行所
京橋
組屋敷
八丁堀
霊岸島
富岡八幡宮
桜田御門
永田町
赤坂御門
石川島
越中島
数寄屋橋御門
西本願寺
山王日枝神社
新橋
築地
佃島
溜池
幸橋御門
汐留橋

## 『沽券』主な登場人物

**神守幹次郎**……豊後岡藩の元馬廻り役。幼馴染で納戸頭の妻になった汀女とともに、逐電。その後、江戸へ。吉原会所の七代目頭取・四郎兵衛と出会い、遊廓の用心棒「吉原裏同心」となる。

**汀女**……幹次郎の妻女。豊後岡藩の納戸頭藤村壮五郎の妻となっていたが、幹次郎とともに逐電。遊女たちの手習いの師匠を務め、また浅草の料理茶屋・山口巴屋の商いを手伝う。

**四郎兵衛**……吉原会所の七代目頭取。幹次郎を吉原裏同心に抜擢。幹次郎・汀女夫妻の後見役。

**仙右衛門**……吉原会所の番方。四郎兵衛の腹心で、吉原の見廻りや探索などを行う。

**玉藻**……引手茶屋・山口巴屋の女将。四郎兵衛の実の娘。

**村崎季光**……吉原会所の前にある面番所に詰める南町奉行所隠密廻り同心。

**足田甚吉**……豊後岡藩の元中間。幹次郎・汀女の幼馴染。藩の務めを辞した後、吉原に身を寄せる。

**薄墨太夫**……人気絶頂、三浦屋の花魁。

# 沽《こ》券《けん》——吉原裏同心（10）

# 第一章　焼土《しようど》の梅

一

天明《てんめい》八年（一七八八）元日の昼下がり、神守幹次郎《かみもりみきじろう》と汀女《ていじょ》は金龍山浅草寺《きんりゆうざんせんそうじ》にお参りに行く前に吉原の焼け跡に立った。

幹次郎は春らしい鶯色《うぐいすいろ》の小袖《こそで》に袴《はかま》を穿《は》き、羽織は着《つ》けていなかった。風もなく穏やかな気候だった。

汀女は淡い小豆色《あずきいろ》の江戸小紋《こもん》を着て、結い上げた丸髷《まるまげ》も晴れやかだった。前帯に頂戴《ちようだい》ものの白扇《はくせん》を差しているのが正月の装いを感じさせた。

すでに焼け跡の整地が済んで、仲之町《なかのちよう》、五丁町《ごちようまち》の主な通りの区画割りも終わり、引手茶屋《ひきてぢやや》や妓楼《ぎろう》の隣地との境の杭《くい》も打ち込まれ、中にはすでに普請《ふしん》が始まった楼もあった。

幹次郎と汀女は待合ノ辻《まちあいのつじ》で持参の御神酒《おみき》と塩を供《そな》えて、

「吉原再建」

が一日も早いことを祈願した。

初詣《はつもうで》より先に吉原を訪れたのは、ふたりにとって焼失したこの地こそが生きるよすがであり、暮らしの基《もとい》だったからだ。

幹次郎と汀女の流浪《るろう》の旅を終えさせたのは吉原だった。とすれば吉原は浅草寺よりなによりふたりにとって大事な場所だった。

「茶屋や妓楼のない吉原は意外と広いものじゃな、姉様」

大門《おおもん》前の待合ノ辻から水道尻《すいどじり》まで南北京間百三十五間《けん》の通りが抜けていたが、水道尻がいつもより遠くに感じられた。

「私も最前からそう思うておりました」

「それにしてもこの場所にて遊女三千余人が技芸春色《ぎげいしゅんしょく》を売り、その遊女衆を何倍もの男衆《おとこし》や女衆《おんなし》が支えておるとは焼け跡からは想像もつかぬ」

「あれ、幹どの、雪が」

吉原の黒々とした焼け跡にちらちらと雪が舞い始めていた。焼け跡に雀《すずめ》が一羽餌《えさ》を探していた。

幹次郎は胸中にふいに今年最初の句が浮かんだ。

初雪や　人なき遊里《さと》に　寒雀

「なんぞ浮かびましたか」

「姉様は八卦見《はっけみ》か」

と幹次郎が驚きの顔を汀女に向けた。

「幹どのの口元がもごもごと動くときは言葉を探しておられます。さて、どのような句ができましたな」

「披露《ひろう》するほどのものではないぞ」

と幹次郎が苦笑いした、そのとき、

「おや、元日早々吉原に参られましたか」

振り向くと吉原会所の七代目頭取《とうどり》四郎兵衛《しろべえ》と玉藻《たまも》の親子が晴れ着姿で立っていた。

「吉原におらぬとどうも正月が来た気が致しませぬ」

と笑った幹次郎が、

「四郎兵衛様、玉藻様、新年明けましておめでとうございまする。本年もどうかよろしくお付き合いのほど賜《たまわ》りたく存じます」

と賀詞《がし》を述べ、姉様女房は年下の亭主の挨拶《あいさつ》に合わせて頭を下げた。

「ご丁重なご挨拶、痛み入ります。神守様には元日の未明まで働かせ申し、汀女先生に申し訳ございませんでした」

と四郎兵衛が汀女に詫びた。

汀女が四郎兵衛に微笑《ほほえ》み、

「それがしの奉公にござればなんのことがございましょう。それよりお長屋を早々と建て直していただき、年の瀬のうちに仮住まいから脱することができました。なんとも有難《ありがと》うございました」

と汀女に代わり幹次郎が、焼失した長屋が再建された礼を述べた。

「妓楼の普請とは違いますでな、失礼ながら長屋はそう日数もかからず建て直せます。神守様にはしっかりと働いてもらわねばなりませんで、大工の頭《かしら》に急がせました」

と四郎兵衛が鷹揚《おうよう》に応じた。

「鷲《おおとり》大明神から浅草寺に詣でるのが私どものいつもの元日の行事にございますが、今年は反対に先に金龍山にお参りし、吉原に立ち寄りました」

と玉藻が汀女に説明し、

「この風景、なんとも寂《さび》しゅうございますな」

としみじみと言い足した。

「最前、幹どのと同じ言葉を交わしておりました。この景色に句心が湧いたようで幹どのが口をもごもごさせておりましたので問うたところでした」

「ほう、神守様、どのような五七五を元日早々に詠《よ》まれましたな」

「姉様、四郎兵衛様や玉藻様の前で恥を掻《か》かせるものではないぞ」

「正月の座興です、よいではございませんか」

と汀女が言い、困ったなと言いながらも幹次郎が脳裏に浮かんだだけの言葉をもそもそと呟《つぶや》いた。

「初雪や　人なき遊里《さと》に　寒雀」

と二度繰り返した汀女が、

「幹どの、ようございます」

と年下の亭主を褒《ほ》めてくれた。

「姉様、おふたりの前じゃ、冗談など言うでない」

「いえ、どう致しまして、うちの客間に掛けたい出来です」

と玉藻が汀女の代わりに応じて、

「神守様と汀女先生は見事に吉原者になられました」

と笑った。そして、

「汀女先生、吉原の正月の習慣をご存じございますまいな。古き妓楼は夕餉《ゆうげ》の刻《とき》に主《あるじ》以下遊女奉公人一同が大広間に打ち揃《そろ》い、羹《かん》と称する雑煮《ぞうに》を食べる習《なら》わしがございます。山口巴屋《やまぐちともえや》でも私どもと奉公人一同が打ち揃い、雑煮を祝う習慣がございます。神守様方は、正月くらいご夫婦水入らずがよかろうとこれまでお招きしておりませんでしたが、本年はいかがにございますか」

と誘ってくれた。

「やはり吉原は奥が深う《ふこ》ございますな。そのような習わしがあるなど少しも知りませんでした。幹どの、どうなさいますな」

「姉様、折角《せっかく》のお招きである、お受け致そうではないか」

汀女の言葉に幹次郎が即座に応じて、

「われら、これより浅草寺から江戸の正月をそぞろ歩きに見物して、夕暮れに立ち寄ります」

と玉藻に言うと四郎兵衛、玉藻親子と焼け跡で別れた。

幹次郎は森閑とした五十間道《ごじっけんみち》を進み、引手茶屋の相模屋《さがみや》の焼け跡の角から浅草《あさくさ》田圃《たんぼ》に抜けようとして足を止めた。

相模屋は再建の当てがないと主が漏《も》らしていたが、それでも整地され、正月らしく松竹の飾りが立てられていた。

足田甚吉《あしだじんきち》の働き場所が再建されるとよいがと思いながら、ふたりは浅草田圃に出た。すると晴れ上がった浅草田圃に白鷺《しらさぎ》が舞い、凧《たこ》が揚《あ》がっていた。

「姉様、竹田《たけた》が恋しくはならぬか」

「おや、幹どのは里心《さとごころ》をもよおされましたか」

「そうではないが、姉様にはお母上と弟の陽二郎《ようじろう》どのが残っておるでな、そう思うたまでよ」

弟妹四人がいる幹次郎の一家は行方《ゆきがた》知れずだ。

「老いた母には会いとうございます。されど竹田に戻りたいかと問われれば、今はこの地が私どもの故郷と答えるしかございません」

「美しい竹田城下を捨てさせたのはそれがしの勝手だからな」

「汀女を連れて逃げたことを悔《く》いておられますので」

「そのようなことは小指の先ほどもない。だが、姉様に不憫《ふびん》な思いをさせておるのではないかと思うてな」

「幹どの、流れ流れてようやく見つけた安住の塒《ねぐら》にございます。この場所を大事に致しましょうか」

幹次郎は汀女に頷《うなず》き返した。

出羽《でわ》本荘《ほんじょう》藩の六郷《ろくごう》家下《しも》屋敷の傍《かたわ》らを抜けて浅草寺寺中が左右に並ぶ通りに出ると、大変な人込みに行き当たった。

浅草寺に初詣に行く人と、参詣を終え、奥山《おくやま》の見世物小屋などを冷やかした帰りの人々がぶつかり合い、子供の泣き声もあちこちで響いていた。

それでもどことなく人波が晴れやかなのは正月のせいか。

「姉様、手を繋《つな》いでおらぬと互いに迷子になるぞ」

人込みの中で幹次郎と汀女はしっかりと手を握り合い、人波に押されながらようやくにして随身門《ずいじんもん》前に出た。

「正月くらい表門の雷《かみなり》御門を潜《くぐ》りたいが、この人込みではちと無理じゃぞ。脇門から失礼致そう」

「幹どの、脇門から入るとは私どもの生き方のようで、これもまたようございます」

俗《ぞく》に浅草観音《かんのん》と呼ばれる天台宗《てんだいしゅう》浅草寺は金龍山と号する。

創建の謂《いわ》れは、宮戸川《みやとがわ》（隅田川《すみだがわ》、大川《おおかわ》）のほとりの漁師檜前浜成《ひのくまのはまなり》と竹成《たけなり》兄弟が網に掛かった金色の観音像を主人の土師中知《はじのなかとも》の屋敷に安置し、崇敬《すうけい》したことに始まるという。

その出来事を推古天皇《すいこてんのう》三十六年（六二八）三月十八日と『浅草寺縁起《せんそうじえんぎ》』は伝える。

幹次郎と汀女は、もうもうと線香が煙る本堂前で賽銭《さいせん》を投げ入れ、ここでも、

「吉原再建」

を願った。

「姉様、仲見世通《なかみせどお》りを抜けることなど無理じゃぞ、伝法院《でんぽういん》へと回り込もうぞ」

幹次郎は汀女の手を引き、ようようにして密集した人込みを抜けてほっとした。

すると、
ひえいっ！

という悲鳴が上がり、お店《たな》の主と思《おぼ》しき風体の男が懐《ふところ》を押さえて、

「掏摸《すり》じゃあ、財布が抜き取られた！」

と叫び、あちらでもこちらでも懐を確かめた男女が、

「私も抜かれた！」

「巾着《きんちゃく》がない」

と喚《わめ》き合う声が上がった。そして、

「あの男が私の懐に手を差し入れて財布を引きちぎったんですよ」

と晴れ着の女衆が、幹次郎と汀女の目の前にいる縞《しま》の着流しの男を指した。するとき男がその言葉に、
きいっ
と振り向いた。

着流しの懐に片手を突っ込んで、女衆を睨《にら》んだ男の風貌は殺伐として危険な匂いがした。

「おい、言うにことかいておれを掏摸に仕立て上げようってのか。許せねえ」

その男に派手な装いの女が、すいっと寄り添い、幹次郎の前で手と手が一瞬絡《から》もうとした。

幹次郎が袴の帯前に挟んだ白扇を抜くと、

　ぴしゃり
　とふたつの重なり合った手を叩いた。すると男女の手の間からいくつも財布が落ちて、

「なにをしやがる！」

　と男が幹次郎を睨んだ。

「そなた、袖にいくつも財布をお持ちか」

　幹次郎の問いに男が懐に差し込んだ片手を突き出した。

　匕首《あいくち》が幹次郎の前で閃《ひらめ》いた。

　幹次郎は汀女を庇《かば》いつつ、白扇を男の殺気立った目に突っ込んだ。

　匕首の動きを一瞬早く制して白扇が男の目を射て、後ろへとふっ飛ばした。

　女が逃げ出そうとした。

「仲間を置いてひとりだけ逃げる気ですか。ちと薄情《はくじよう》にございましょう」

　と汀女が女の逃げ道を塞《ふさ》ぐように立つと、

「邪魔をするんじゃないよ！」

　大きく口を開いて叫んだ女が髷に差した簪《かんざし》を抜き、逆手《さかて》に持って汀女に突きかかった。

汀女の身が横手に流れ、わが身を相手の体に寄せながら、女が突き下ろす手首を捻《ひね》り上げると、
えいっ
と気合を発して投げ飛ばした。

虚空《こくう》にもんどり打った女が裾《すそ》を翻《ひるがえ》して、
どさり
と仲間の傍らに叩きつけられて転がった。

「姉様、なかなかやるではないか」

「昔取った杵柄《きねづか》の合気柔術《あいきじゅうじゅつ》、体が覚えておったようです」

と汀女が平然とした顔で笑った。

ふたりの足元に掏摸の男女が呻《うめ》いて転がっていた。

わあっ！

という歓声が、騒ぎを見物する幸運に浴《よく》した人々の間から起こり、

「あれ、あそこに私の財布が」

「あの縞模様は私のものですよ」

という声も起こった。そこへ人込みを押し分けて寺社役付同心《じしゃやくつきどうしん》が小者《こもの》を従えて

姿を見せた。幹次郎より五つ、六つ年上と思える寺社方の役人だ。

寺社役付同心は町奉行所同心と同じく寺社領の取り締まりや探索に当たる職《しょく》掌《しょう》だ。

「なにごとか」

「旦那、掏摸をあのご夫婦が手捕りにしたんだよ」

と見物のひとりが教え、同心が幹次郎に、

「そなた、吉原会所の裏同心どのじゃな」

と幹次郎の顔を承知か、にこやかにも訊《き》いた。

「いかにも、夫婦して吉原に世話になっており申す。お節介を致し申し訳ござらぬ。あとはよしなにお願い致す」

と幹次郎が言い、その場を去ろうとすると、

「お手前、姓名の儀《ぎ》は」

「神守幹次郎と汀女にござる」

「それがし、寺社役付同心渚静之助《なぎさせいのすけ》にござる。後日、会所に礼に伺う」

「その要はございませぬ」

「神守氏《うじ》、寺方の取り締まりばかりではのう、抹香臭《まっこうくさ》いわ。ときに男子たるもの、

吉原の中も覗《のぞ》いてみたいではないか」

「ご見物にございますか。なればいつなりとも」

と笑みを返した幹次郎は、

「姉様、参ろうか」

と汀女に誘いをかけ、伝法院から広小路《ひろこうじ》に歩き出した。

「糞《くそ》っ、どじを踏みやがって」

と人の群れの中で長羽織の老人が幹次郎と汀女を睨み、

「覚えておけ。娘と娘婿《むこ》の仇《あだ》、討《う》たずにおくものか」

と吐き捨てた。

だが、ふたりは知る由《よし》もない。

幹次郎と汀女が浅草寺門前並木町《なみきちょう》に暖簾《のれん》を上げる料理茶屋山口巴屋の風雅《ふうが》な門を潜ったとき、ちょうど石灯籠《いしどうろう》の灯《あか》りが入り、水が打たれた石畳とおかめ笹《ざさ》が淡く浮かんでいた。

吉原炎上に伴《ともな》い、七軒茶屋《しちけんぢやや》の筆頭《ひっとう》山口巴屋も休業に追い込まれた。そこで大勢の奉公人を雇い続けるためと常客を繋ぎ止めるために浅草寺門前に料理茶屋山口巴屋を店開きしたのだ。

この界隈《かいわい》には吉原の大籬《おおまがき》（大見世《おおみせ》）三浦屋《みうらや》の仮宅《かりたく》をはじめ、いくつかの妓楼の仮宅が点在していた。

料理茶屋に上がれば、吉原の仲之町張りと同じような出迎えが受けられるとあって、山口巴屋はなかなかの盛業を続けていた。

だが、元日の宵《よい》ばかりは山口巴屋も暖簾を下げていた。

表口に立った幹次郎と汀女の目に正月飾りが清らかに入った。

出迎えの絵は、

「吉原古梅《こばい》一凜《いちりん》図」

だった。

「姉様の絵のようじゃな」

「手慰《てなぐさ》みを玉藻様が飾られたようです」

と汀女が恥ずかしそうに笑った。

大門を潜った右手の吉原会所の脇に一本の梅の古木があって、吉原炎上のあの夜、猛然たる炎を被《かぶ》ったにもかかわらず奇跡的に助かり、早咲きの花を一、二輪咲かせていた。その梅に気づいた汀女が雪の降る年の瀬に描いたのだ。

「参られましたか」

と玉藻が顔を出し、

「吉原再生を梅の花に託《たく》して描かれた汀女先生の気持ちを飾らせていただきました」

汀女がじいっ、とわが絵を見て、

「なんぞ足りませぬな」

と呟いた。

「足りませぬか」

「玉藻様、この場で手を加えてようございますか」

「それはもう」

早速《さっそく》絵筆と墨が用意された。

山口巴屋では毎日の献立《こんだて》を絵文字で客の膳《ぜん》に添えていた。汀女が夕暮れ前に料理を確かめて描き出すのだ。ゆえに絵道具一式が帳場《ちょうば》に用意されていた。

墨をすりながらなにごとか思案していた汀女は創案が成ったか、「吉原古梅一凜図」の前に立ち、筆を構えた。

筆が動いた。

一輪の花を咲かせた老いた枝の下に一羽の雀が餌を啄《ついば》む光景が描き加えられた。

「一輪の梅花《ばいか》に一羽の雀か」

と幹次郎が呟き、筆を替えた汀女が、

「初雪や　人なき遊里に　寒雀」

と最前幹次郎が詠んだ句を書き添えた。

「なんと」

「お父《とっ》つぁん！」

と幹次郎と玉藻が同時に叫んだ。

二

「画竜点睛《がりょうてんせい》を欠いたと申すようでは前の絵に失礼にございましょう。じゃが、汀女先生、これで絵に納まりができました」

四郎兵衛が言った。

玉藻の声に奥から四郎兵衛が姿を見せて、汀女が手を加えた絵を見ての、早速

たぞ」

「姉様の絵はよいとして、それがしの腰折れを書き加えたのは余計なことであったぞ」

幹次郎が困惑の体《てい》で呟いた。

「絵が五七五によって精彩《せいさい》を増し、句もこの絵に加わって面白みを発揮しました。これぞ夫唱婦随《ふしょうふずい》の賜物《たまもの》にございましょう」

と四郎兵衛が応じて、

「ささっ、奥へ参りましょうか」

と汀女と幹次郎を山口巴屋の大座敷に誘った。

すでにそこでは山口巴屋の奉公人一同が勢揃いし、さらに吉原会所の番方《ばんかた》の仙《せん》右衛門《えもん》以下若《わか》い衆《し》も加わっていたから、六十人を優に超えた人数が厳粛にも四人を迎えた。

「幹やん、遅かったではないか。皆さん、お待ちかねじゃぞ」

臨時雇いの足田甚吉が下座《しもざ》から幹次郎に遠慮がちに声をかけ、幹次郎がそれに会釈《えしゃく》を返して、

「ご一統《いっとう》様、お待たせ申した」

と頭を下げた。

汀女は四郎兵衛らの近くに用意された夫婦の席を見て、

「ここでは上座《かみざ》に過ぎます。のう、幹どの」

と亭主に助けを求めた。

幹次郎が答える前に四郎兵衛が、

「正月早々浅草寺境内でひと働きなされた神守幹次郎様と汀女先生を下座に移すことができましょうか」

と笑った。

「姉様、ご一同をこれ以上待たせてもなるまい」

と幹次郎が膳の前に腰を下ろし、汀女も亭主を真似た。

これで全員顔を揃えたな、と紋付羽織袴で四郎兵衛が奉公人一同と会所の面々を見回し、

「新玉《あらたま》の天明八年明けましておめでとうございます」

と新年を賀して、

「おめでとうございます」

一同が応じて和した。

「古《いにしえ》の吉原の習慣に従い、羹にて正月を寿《ことほ》ぎ、食始《しよく》めと致しまする」

四郎兵衛の宣告に従い、女衆が一旦《いったん》席から立って台所に用意されていた羹の椀を銘々の膳に添えていった。

六十余人全員に雑煮椀が行き渡り、四郎兵衛が祝い箸《ばし》を取り上げて銘々も真似た。

幹次郎と汀女は初めて目にする雑煮椀を愛《め》でた。

昆布《こんぶ》や煮干しでだしを取った汁に餅《もち》、鶏肉、椎茸《しいたけ》、人参《にんじん》が入り、三つ葉が春の彩りを添えていた。

「これが吉原の羹にございますか」

「妓楼ごとに羹の中身は幾分異なるようです。主の在所の味つけなんぞが江戸風味に加わり、それぞれの味ができ上がったのです。うちのはあっさりとした仕立てです。ささ、熱いうちに」

と玉藻が幹次郎と汀女に勧めて、

「頂戴致します」

と幹次郎が一口汁を啜《すす》った。

「姉様、これはなんとも上品で風味がよいぞ」

幹次郎の嘆声《たんせい》に汀女も椀から口を離して、

「幹どの、さすが江戸の味わい、いろいろな味が混じり合っていながら、なんとも端正な風味になっております」

全員で羹を食して改めて、

「おめでとうございます」

と和し合った。

「羹を食《しょく》さぬと吉原では正月が来た気分になりませぬ」

これで一座に酒が回り、ようやく晴れやかなざわめきが起こった。

「神守様、今宵《こよい》ばかりは無礼講《ぶれいこう》にございます。存分にお召し上がりくだされ」

と四郎兵衛が銚子《ちょうし》を幹次郎に差し、

「これは恐縮にござる」

と幹次郎が受けると四郎兵衛の酒器にも酒を注《つ》ぎ返した。

「神守様の腕前はもはや吉原の域を出てこの界隈で知らぬ者とてございませんが、まさか汀女先生まで正月早々に華を添えられるとはご苦労にございましたな」

と掏摸の一件を持ち出した。

「四郎兵衛様、早《はや》お耳に届きましたか」

幹次郎が驚くと、

「偶々《たまたま》うちの金次《きんじ》が人込みの後ろから、おふたりの鮮やかな手練《てだれ》を見ていたのですよ。七代目も申されましたが、女掏摸を宙に舞わせた汀女先生のお手並み、またこの界隈の評判になりましょうな」

と仙右衛門が種を明かし、

「正月はいつにも増して掏摸が姿を見せる時季《じき》でしてね。例年ならば明日からわっしらも廓内《くるわうち》の掏摸に目を光らせるところですが今年は仮宅、あやつら、それを見込んで浅草寺境内に集まりましたかねえ」

と言い足したものだ。

「ともかく今年一年は仮宅暮らし、会所も山口巴屋も廓外で頑張るしかあるまい。松平定信《まつだいらさだのぶ》様の改革もまだ成果が上がっておるとは申せませぬ、ここは一番、皆が息を合わせて辛抱《しんぼう》するしかございませんな」

四郎兵衛が今年の覚悟を述べた。そして、

「番方、折角の正月の宴です。なんぞ景気のよい話はございませぬか」

と話柄《わへい》を変えた。

「七代目、戯作者《げさくしゃ》で朋誠堂喜三二《ほうせいどうきさんじ》を承知にございますか」

「いや、知らぬな」

「なんでも出羽久保田《くぼた》藩佐竹《さたけ》家の重臣と聞いております」

「武家方が名を隠して戯作を書かれたか」

「へえ、このお方が『文武二道万石通《ぶんぶにどうまんごくどおし》』なる戯作を元日早々に売り出したところ、飛ぶような売れ行きでございますそうな。わっしも話の種にと思い、あちらこちらと探してみましたが、どこも売り切れで手に入りませんでした」

「外題《げだい》からして艶《つや》っぽい話ではなさそうだが、どこが受けたのですかな」

四郎兵衛が番方に問うた。

吉原は、すべての流行の発信地であり、流行《はや》りもの廃《すた》りものにはなんでも関心を持って眼を光らせていた。すべて商売に関わってくるからだ。

吉原会所の本来の務めは吉原の治安と自治を守ることだが、同時に新奇なものを吉原に取り込んで、世間の評判を呼ぶ仕掛けを作ることも課せられていた。

「時は鎌倉《かまくら》、源《みなもとの》頼朝《よりとも》と家臣畠山重忠《はたけやましげただ》が主人公にございましてな。畠山は、武士を文を好むか武を尊《たつと》ぶかで分け、いずれにも熱心でないのらくら武士を大磯《おおいそ》で散財させて財産を使い果たさせ、その武士らを集めて、頼朝公が『武士の本分は文武にあり、以後、文武に励め』と訓戒《くんかい》を垂れる筋書きにございますそうな」

「どう考えても面白いとも思えぬ。そのような筋立てではわれら吉原者によいことやら悪いことやら」

「七代目、頼朝公は家斉《いえなり》様、畠山重忠は松平定信様の見立てにして、定信様の改革を風刺《ふうし》しているところに庶民が飛びついたようなんでございますよ」

「佐竹様の重臣どの、なかなか大胆なことをなされましたな」

「公儀大目付《こうぎおおめつけ》から戯作者朋誠堂喜三二が目をつけられて牢《ろう》に繋がれるのではないか、佐竹様になんぞ沙汰《さた》が下されるのではないかなどと主従を危ぶむ声がすでに上がり、そのことが却《かえ》って本の売れ行きを後押ししておるようでございます」

「松平定信様も田沼《たぬま》様の後始末に追われて、今のところ改革らしい手はなにひとつ打たれておりませんからな」

と四郎兵衛が応じた頃合、座はだいぶ乱れていた。

「幹やん、姉様、新年の挨拶を述べたい」

と手に銚子を下げて足田甚吉がよろよろと幹次郎と汀女のところにやってきた。すでに顔は真っ赤で酔いがだいぶ回っていた。

「ささっ、おれの酒を受けてくれ」

甚吉が揺れる手で幹次郎と汀女の酒器に酒を注いだ。

「甚吉どの、手元が揺れて酒が零《こぼ》れます」

汀女が甚吉の手から慌てて銚子を取り上げた。

「甚吉、今年はそなたのところには子が生まれるな、めでたいことじゃ」

幹次郎が甚吉に祝いを述べた。

「なにがめでたいか。子が生まれればそれだけ費《つい》えもいろう。この不景気にえらいことだぞ」

と口を尖《とが》らせた甚吉が、

「それでもおれは幸せ者じゃ、こうして山口巴屋さんに働き口が見つけられたのだからな。幹やんと姉様に足を向けて寝られぬわ」

と言いつつ、すでに足はふたりの前に投げ出していた。

「そう言えば、最前相模屋の前を通ったら整地がなされておったぞ。主どのは再建にかかられたのではないか」

「それだ。なんでも相模屋は引手茶屋の権利をだれぞに売ったという噂《うわさ》だ。すると吉原が再建されたあと、おれの戻り先はどうなる」

と甚吉が案じた。

「なに、再建はなされぬのか」

「噂話を聞いたのは大晦日《おおみそか》のことだ。一度、仮住まいに確かめに行きたいと思うておるところだ」

「甚吉さん、それはほんとうの話ですぜ」

と番方が甚吉の話を引き取った。

「番方、相模屋はなくなるのか。代替わりしても昔の奉公人を使ってくれるのか」

そこだ、と番方が溜息《ためいき》を吐《つ》いた。

「なんぞ悪い噂がございますので」

仙右衛門が四郎兵衛の顔を窺《うかが》い、四郎兵衛が頷き返した。

「甚吉さん、引手が買われたのは相模屋だけではない。廓内でわれらが摑《つか》んだところで三軒、五十間道で相模屋を含め二軒、さらに土手八丁《どてはっちょう》(日本堤《にほんづつみ》)で数軒が譲っておるのだ」

「新しい旦那はわしを雇《やと》うてくれるかのう」

甚吉の心配はそこにしかない。

「番方、なんぞ危惧《きぐ》なされておられますかな」

「神守様、引手茶屋を買い取った人物が未《いま》だどれひとつとして判然としないんで」

「おかしゅうございますな、一軒すら買い取り人が分からぬとは」

妓楼や引手茶屋などの代替わりには吉原会所が関わり、沽券《こけん》状の名義書き換えに立ち会った。吉原の既得権を守るためだ。

「届け出はどこからも出ていないのでございますか」

「そこなんで」

と仙右衛門の顔に不安の影が過《よぎ》った。

「仮宅の上に年の瀬から年明けで、沽券譲渡《じょうと》を会所に届ける暇がないといえばそれまでです。だが、番方とも話し合っているんだが、これらの引手を買い取った御仁はひとりではないかと思われるのです」

四郎兵衛にも苛立《いらだ》ちがあった。

「私どもはこの人物がもしや仮宅営業をしている妓楼に手を伸ばしているのではないかと案じております。番方とも話し合い、明日から仮宅を手分けして回り、そのような形跡があるかないかを調べます」

「吉原ではひとりの者が何軒でも妓楼を所持し、商売をしてもよいのですか」

「いえ、一楼一主の決まりにございます。これは引手茶屋にも当てはまること。

ですが、抜け道もないことはない」

「影の人物が鵜《う》を操るように何人もの代理人を妓楼の主に仕立てるのですな」

「神守様、その通りです」

四郎兵衛らは影の人物が吉原に密かに入り込み、旧体制を打破して新興勢力を確立することを恐れていた。

「年明け早々嫌な話にございますな」

「明日から動きます」

と番方の仙右衛門が請け合い、甚吉が幹次郎に向かい訊いた。

「幹やん、どういうことだ。つまりは相模屋の新しい主が分からぬのか」

「そういうことだ、甚吉」

「ならばわしはこのまま山口巴屋に勤めよう」

と甚吉が能天気なことを口にした。が、だれもなにも応えなかった。

「幹やん、姉様、子が生まれるというに未だわしの仕事口がふらふらしておるぞ」

参拝客の絶えた仲見世で甚吉がだだをこねる子供のように言った。一気に呑んだ酒で甚吉の体はゆらゆらと揺れていた。

甚吉が酔っている様子に、浅草寺門前並木町の料理茶屋山口巴屋を幹次郎と汀女は一足先に辞して長屋に戻る道中だった。

「甚吉どの、そなたは父親になる身です。満座の前でそうそう軽々しい口を利くものではありませんぞ」

と汀女が注意した。

「それは分かっておるが姉様、おれは心配なのだ。おれひとりの食い扶持《ぶち》なればなんとでもなる。ひもじゅうても我慢すればよい。だが、女房子供に腹を空かさせるわけにもいくまい」

「甚吉、それを四郎兵衛様や仙右衛門様の前で口にせぬのが男じゃぞ」

「そうか、そうかのう」

表戸を閉じた土産物屋に甚吉の体がよろよろとよろめいて寄りかかった。

「しっかりせえ、山谷堀《さんやぼり》まではだいぶあるぞ」

幹次郎が甚吉の腕を取り、仲見世の真ん中まで引き戻した。

「幹どの」

と叫ぶ汀女の声と、幹次郎が甚吉を支える腕を外し土産物屋のほうへと突き飛ばすのが同時だった。

影が奔《はし》り、手に抜身を翳《かざ》して迫ってきた。

幹次郎は甚吉にかまっていた分、抜き合わせる余裕はなかった。

そのとき、汀女が手に提《さ》げていた玉藻からの頂戴物の甘味の包みを人影に向かって投げた。

影は飛来する包みを思わず刃で斬りつけた。

そのわずかな隙に幹次郎は影の横手へと走り、

くるり

と反転していた。

影も同時に体勢を整えて、幹次郎と向き直った。

間合は二間（約三・六メートル）。

狭い仲見世の通りでふたりは対面した。

常夜灯の灯りが幹次郎の背からかすかに漏れていた。

幹次郎は相手の風体を確かめたが、着古した袴と羽織の人物に見覚えはなかった。

「それがし、浪人《ろうにん》暮らしが長いことを示して、月代《さかやき》も伸び放題だ。神守幹次郎と申す。そなたに恨《うら》みを買う覚えはない」

四十の半《なか》ばか、修羅場《しゆらば》を潜った経験を示して真剣勝負の呼吸を承知していたし、腕前もなかなかと見た。

「恨み辛《つら》みはない。頼まれてそなたを始末致す」

「して、雇い人は」

「そなたも知るまい」

「それでは見当のつけようもないな」

「本日、伝法院の騒ぎに関わりがあるとだけ伝える」

「そなた、掏摸の一味か」

「問答無用」

と答えた相手が刀を立てた。

幹次郎は和泉守藤原兼定《いずみのかみふじわらかねさだ》の鞘《さや》を左の腰前に落ち着けた。

「居合《いあい》を使うか」

名乗ろうとはせぬ相手が呟いて、一、二歩間合を詰めた。

「幹やん、なんで突き飛ばした、額《ひたい》をぶつけて怪我をしたぞ」

と上体《じようたい》を土産物屋の表戸に凭《もた》れかけさせた甚吉が呟いた。

眼前に展開する対決が目に入っていないらしい。

「甚吉、じっとしておれ」

腰を沈めた幹次郎からじわじわと間合を詰め、一間（約一・八メートル）と迫った。

ここで両者は動きを止めた。

「うーむ」

と訝《いぶか》しい声を上げた甚吉が、

「幹やん、斬り合いか」

「甚吉どの、じいっとしてなされ」

通りの反対側から汀女が険《けわ》しく注意した。

八双《はっそう》の構えの相手が、

ふわり

という感じで幹次郎に迫ってきた。

幹次郎も踏み込んだ。

八双の剣が煌《きら》めき、幹次郎の肩口を襲った。

背をわずかに丸めた幹次郎が刃の下で兼定を抜き打った。

二尺三寸七分（約七十二センチ）の刃が光に変じて相手の胴を八双からの斬り

下ろしに先んじて撫《な》で斬った。

うっ
と呻いた相手の体が吹っ飛び、甚吉のへたり込んだ傍らに転がった。

「眼志流浪返し《がんしりゅうなみがえし》」

幹次郎の口からこの言葉が漏れて、辺りに血の臭《にお》いが漂った。

三

「神守様」

と番方の仙右衛門の声がしたのは幹次郎が血振りをして藤原兼定を鞘に納めたときだ。

幹次郎が振り向くと吉原会所の面々が今戸橋《いまどばし》の船宿牡丹屋《ふなやどぼたんや》に戻ろうとして、先行した幹次郎らに追いついたのだ。

「番方、いきなり襲われた。どうやら昼間の掏摸騒ぎと関わりがあるようだ」

「ほう、掏摸の仲間が仇討ちに現われましたか」

「仲間ではあるまい。だれぞに頼まれたようであった」

と幹次郎は、刺客《しかく》が伝法院前の騒ぎに関わりがあると答えたことを告げた。

「掏摸仲間が刺客を雇うとは、なんぞ裏がありそうだな」

と漏らした仙右衛門が、

「神守様、後始末はわっしらがつけます。汀女先生もお待ちだ、お先にお戻りなさい」

と言った。

汀女は土産物屋の前に座り込む甚吉をなんとか立たせようとしていた。

「番方、宜《よろ》しいか」

「寺社方に話を通しておきます」

と答える番方に頭を下げた幹次郎は、

「甚吉、しっかりと致せ」

と腕を取った。

「幹やん、ひどいではないか。ああまで強く突き飛ばさんでもよかろう。額を打ってこぶができたぞ」

「甚吉、こぶができたくらいなんだ。それとも三途《さんず》の川を渡る途《みち》を選びたかったか」

「子の顔を見んで死ねんな」

「ならばしっかりと立て」

幹次郎と汀女はようやく甚吉を立たせ、幹次郎が腕を甚吉の腰に回し、

「参るぞ」

と歩き出した。

その背後で仙右衛門がてきぱきと後始末に動く声がした。

翌朝のことだ。
幹次郎は吉原会所が仮住まいをする船宿牡丹屋の内風呂に浸《つ》かり、
ふうっ
と息を吐きながら体を伸ばした。
船宿の内風呂は、湯屋《ゆや》の湯船ほど大きかった。
昨夜《ゆうべ》、汀女を田町《たまち》の長屋の木戸口まで見送り、日本堤を日本堤橋で向こう岸に渡った幹次郎は、元吉町《もとよしちょう》の久平次《くへいじ》長屋に甚吉を送り届けた。すると大きく膨《ふく》らんだ腹を突き出したおはつが、
「神守様、申し訳ございません。子が生まれるというのに酒にだらしなくて」

と恐縮しながら甚吉を受け取った。

「おはつさん、振る舞い酒をちと呑み過ぎたが、今晩は元日じゃ。黙って寝かせてやってくれ」

「いつまでも神守様に甘えてばかりで困ります」

とおはつが言い、だらりとした甚吉の体を幹次郎と一緒に上がり框《がまち》に引き上げた。

「おはつさん、相模屋が他人に渡ったというのはたしかな話か」

「昼間、番頭の早蔵《はやぞう》さんと顔を合わせました。元日というのに険しい顔つきなのでそのことを問い質《ただ》しますと、主人一家が仮住まいから姿を消した、行方を捜しているところだと言っていましたよ」

「なにがあったのだ」

「引手茶屋の権利を売り渡す条件に吉原界隈から早々に離れるという一条があったんじゃないかと、早蔵さんは推量なされていました」

「なんともおかしな話よのう」

おはつはそれ以上のことは知らない様子で、幹次郎も、

「甚吉は任せた」

と言い残して汀女の待つ長屋に戻ったのだ。

「おはようございます」

四郎兵衛が若い衆の宗吉《そうきち》と一緒に洗い場に姿を見せた。

「お先に湯を使わせてもろうています」

「そのような遠慮は無用に願います」

洗い場で宗吉に背中を洗わせた四郎兵衛が湯船に身を入れてきた。

「昨夜も仲見世でひと汗掻かれたそうな。今年も剣呑《けんのん》な年になりそうですな」

「番方らの手を煩《わずら》わすことになりました」

「吉原は浅草寺裏にございますでな、日頃からなにかと繋がりがございます。番方らは昨日のうちに寺社役付同心に届けたようです」

と応じた四郎兵衛が、

「それにしても神守様は青臭い掏摸の男女をひっ捕らえただけのこと。あやつらの後ろに親分が控えていたとしても浪人者を雇うて襲わせるなど、こりゃおかしゅうございますよ。当然、神守様が会所の裏同心と承知してのことだと思うが、会所を敵に回すとどうなるか、あの者たちも分かっておるはずだがな」

と首を捻った。

「おはようございます」

今度は仙右衛門が洗い場に姿を見せて、牡丹屋の湯船に吉原会所の重役《おもやく》が顔を揃えることになった。

「七代目、番方。昨晩、甚吉を元吉町の長屋に連れて参り、女房のおはつさんから奇妙な話を聞きました」

幹次郎は相模屋の主の周左衛門《しゆうざえもん》一家が姿を消したという一件を告げた。

「番方、なんだかきな臭いね」

「七代目、たしかに裏がありそうですな」

「掏摸のほうは寺社方に任せて、うちは即刻引手茶屋を売り渡した一件を手分けして調べようか」

「ならば、それがし、相模屋の番頭の早蔵さんを捉《つか》まえて話を聞いて参ります」

と幹次郎が言い、

「わっしらは別口を」

と番方が答えて湯船の中の手配りが済んだ。

正月二日、吉原も仕事始めだ。

仕着せの小袖に身を包んだ遊女らが仲之町筋を年礼《ねんれい》の道中をなして贔屓《ひいき》の茶屋などを回り、賀を祝す。

このときの仕着せは大籬、半籬《はん》（中見世《ちゅうみせ》）、総半籬《そうはん》（小見世《こ》）、切見世《きり》（局見世《つぼね》）と楼の格によって違った。

大籬では禿《かむろ》にも揃いの仕着せを着せて、大羽子板《おおはごいた》を担がせると姉様女郎の供をさせて景気をつけた。

だが、今年は仮宅で迎える正月だ。

隅田川を挟んで両岸に各妓楼が仮宅を設けているので、そのような晴れやかな光景も見られず、大黒舞の門付《かどづ》け芸人の姿もない寂しい新春の吉原界隈だった。

幹次郎はひとり山谷堀に架かる新鳥越橋《しんとりごえばし》を渡り、橋場町《はしばちょう》の相模屋の仮住まいを訪ねた。むろんおはつの口から周左衛門一家が姿を消したと聞いていたので、番頭の早蔵に会えればという魂胆《こんたん》で出かけたのだ。

だが、早蔵のいる様子はなかった。

正月にもかかわらず主一家を捜しているのか。

幹次郎が思案していると、

「おや、会所のお侍さん」

と通りがかりの職人が幹次郎に声をかけた。

吉原に出入りの左官《さかん》職で名は知らなかったが顔は互いに承知していた。

「どこぞに年始参りかな」

「聖天町《しょうでんちょう》の親方のとこだ。お侍は年始参りという顔ではないな」

「五十間道の相模屋の仮住まいに番頭さんを訪ねてきたのだが、姿が見えぬので どうしたものかと思案していたところだ」

「会所は早御用か。早蔵さんならばさ、この先の福寿院《ふくじゅいん》の境内でぼうっと梅の木なんぞを眺めていたぜ」

「助かった」

幹次郎は早速その足でさして広くもない福寿院に早蔵を捜しに行くと、気が抜けた顔の早蔵が、梅の枝で鳴く鶯《うぐいす》を眺めていた。

数輪の紅梅がすでに咲いていた。

幹次郎はそっと早蔵に歩み寄り、鶯の声に耳を傾けた。

人の気配を感じた早蔵が振り向き、

「正月っていうのに鶯の声を聞きに来られたか、会所もよほど暇とみえるな」

と言った。

「梅にはやはり鶯が似合いじゃな」

幹次郎は、汀女が老梅に餌を啄む雀の姿を描き込んだ山口巴屋の表口の絵を思い出しながら言った。

「なんぞ御用ですかな、神守様」

「相模屋は再建を諦《あきら》めなさったか」

「まさか周左衛門様が私にも黙って引手茶屋を売り払い、姿を消されようとは考えもしませんでしたよ」

「その話を聞きたくてな」

「どうにもこうにも手遅れだ」

と投げ遣《や》りな口調で答えた早蔵が小さな本堂へと誘い、本堂の階《きざはし》に腰を下ろした。そこは新春の日差しが当たっていた。

「周左衛門どのが茶屋を譲った相手を早蔵さんは知らぬのか」

「どうやら年の瀬のうちにばたばたと決まったようなんで。長年奉公した番頭の私にもひと言の相談もなく、いくらで引手茶屋の沽券状を譲り渡したのかさえ知りませんのさ」

と腹立たしそうに早蔵が首を横に振った。

「相模屋だってあれで男衆女衆、二十数人の奉公人がいたんですよ。それをだれひとりにも相談することなく旦那は売り払われた。残された番頭の私は皆にどう説明すればいいんです」

早蔵は嘆きと怒りの言葉を吐いたが、口調は弱々しかった。

「旦那一家が姿を消したのはいつのことでござるか」

「大晦日の夜、私が鷲大明神に初詣に行って仮住まいの家に戻ってみると、蛻《もぬけ》の殻《から》で、周左衛門の旦那、女将《おかみ》さん、娘ふたりの一家四人が消えていたんで」

「家財道具はどうかな」

「焼け出されての仮住まいですよ、大した家財道具はございませんので。それでも当座の着替えなどは一切なくなっていました」

「心当たりを捜されたようだな」

「捜しましたとも。親しく付き合っていた五十間道の住人のだれひとりとして旦那の行方を知っている者はおりませんでした」

「早蔵さん、相模屋の引手の沽券、いくらが相場ですな」

「さて譲るなぞ考えもしませんでしたから、相場を尋ねられても。うちはあれでそこそこの上客がついておりましたから、旦那が沽券と一緒にお客様の名簿をつければ、何百両かにはなったかもしれません」

幹次郎の背で鶯が鳴いた。

「鶯の鳴き声を聞くのも飽《あ》き飽きしました、神守様」

と早蔵が嘆いた。

「周左衛門どのはどこで相模屋の看板を譲る話を持ちかけられたのでござろうか、早蔵さんには見当もつかぬか」

「何度も考えました」

「であろうな」

早蔵は腰に下げた煙草入れから煙管《キセル》を抜いたが火種がないのに気づいたか、また戻した。

「年の瀬が近づいて旦那の湯屋に行っている時間が長くなったのはたしかなんで。長いときは二、三刻《とき》(四〜六時間)はお戻りがなかったですからね」

「湯屋に行くと称してどこかへ出かけられていたか」

「私には湯屋の二階で将棋《しょうぎ》を指《さ》して暇を潰《つぶ》していると申しておられましたがな、今考えると、もしや湯屋でだれかに会っていたのではないかと思えます」

「ほう、湯屋でだれぞに会《お》うていたとな。周左衛門どのは将棋を愛好なされていたか」

「茶屋をやっているときはそんな暇もございませんでしたよ。焼け出されてこちらも暇を持て余しておりましたし、旦那も将棋にのめり込んだかと考えておりました」

「湯屋はどこですか」

「新鳥越町三丁目の湯です。円常寺《えんじょうじ》に接しておりますから直《す》ぐに分かりますよ、神守様」

頷いた幹次郎は最後に訊いた。

「この一件、奉公人に知らせねばなりますまいな」

「憂鬱《ゆううつ》なことで。奉公人は皆、相模屋が再建される知らせを今日か明日かと首を長くして待っておりますからな。どの面《つら》下げて、旦那一家が店の沽券を叩き売って夜逃げしたなんて説明できます」

「早蔵さん、そなたはどうなさるな」

「この歳で力仕事はできませんよ。どうしたものか」

と初老の番頭が溜息を吐いた。

「早蔵さん、なんぞ動かれるときは吉原会所に知らせてくだされよ。それがしもそなたの身の振りどころ、心当たりを当たってみる」

「神守様」

と言った早蔵の目が潤《うる》んだ。

「元気を出されよ」

幹次郎は梅の香りがそこはかとなく漂う福寿院の境内から通りに出ると新鳥越橋の方角に戻り、新鳥越町二丁目と三丁目の辻を左に折れた。すると直ぐに二階屋の湯屋が目に入った。

朝湯の刻限で脱衣場は込んでいた。

幹次郎は番台に、

「二階に上がらせてもらう」

と言って十二文《もん》を支払おうとした。すると湯屋の女将が、

「会所のお侍だね、湯に浸かりに来たんじゃないのかえ」

「そうではない。五十間道にあった引手茶屋相模屋の旦那がちょくちょくこちらの二階に邪魔をしていたというで、そのことを訊きに参った」

「今日は見えてないけど」

「それは分かっておる。周左衛門どのがだれと将棋を指していたか、知りたいの

だ」

「へえ」

と応じた女将は、

「御用なれば湯銭《ゆせん》はいいよ」

と幹次郎の差し出す銭を押し戻した。

「有難《ありがた》い」

湯屋の二階へと男湯から梯子段《はしごだん》が延びていた。

刀を腰から抜いた幹次郎がとんとんと梯子段を上がると、五、六人の男客が茶を喫《きっ》したり、談笑したりしていた。

板座敷の片隅に座布団が積み上げられ、その傍らに駄菓子や鮨《すし》などが並べられて、年増女が控えていた。

幹次郎は刀掛けに藤原兼定を置くと年増女に、ちと尋ねたい、と言った。女は黙って幹次郎の顔を見て、

「汀女先生の亭主だね」

と反対に訊き返した。

「いかにも汀女の亭主にござる」

「なにが知りたいの」

「相模屋の旦那がこちらで将棋を指して暇を潰していたようだな」

「周左衛門さんね、おとといから顔を出してないね」

「将棋の相手はだれであったかな」

「あの旦那は独りで詰め将棋をしていたもの、相手といったって」

と年増女が言うと、

「おきみよ、一、二度、おれが相手したぜ」

と隠居然とした年寄りが声をかけてきた。昔は職人か。

「吾助爺《ごすけじい》さん、会所の旦那の話を聞いてあげて」

「話もなにも。一、二度相手したが、相模屋の旦那の将棋は陰気でいけねえや、面白くもなんともねえからよ、こちらからお断わりだ」

と吾助と呼ばれた隠居が答えた。

幹次郎は茶を喫す吾助の前に、

「邪魔を致す」

と座布団を下げていき、腰を下ろした。

「ご隠居の他に相手をした者はおられぬか」

吾助が周りを見回し、顔を横に振った。

年増女が幹次郎に茶を運んできた。

「ここにはいねえな」

女も首を振った。

「本日は姿を見せておられぬ方が周左衛門どのの相手をしていたか」

「それがさ、この界隈の住人じゃねえ目つきの険しい年寄りと三度ばかり将棋盤を挟んでさ、話し込んでいたな」

「ほう、この界隈の住人じゃない年寄りか」

「湯屋はどこも顔見知りが多いや。だけどよ、相模屋の旦那に話しかけた年寄りは絹物《きぬもの》を着た、形《なり》のいい様子だったね」

「年のころは五十七、八だったかしら」

と女も言った。

「相模屋の主とその者は前々からの知り合いであろうか」

違うな、と吾助老人がはっきりと否定した。

「最初に来たとき、相模屋の旦那かと訊いたもの。それが始まりでふたりは将棋を指す恰好《かっこう》だけはつけていたがよ、どちらかというと小声で真剣に話し込んでいた」

「形のよい年寄りは都合三度この二階座敷に上がり、その都度、相模屋周左衛門どのと話し込んだのじゃな」

「年寄りは湯に入った様子もなかったな」

「その者が最後に参ったのはいつのことか覚えておられるか」

「そりゃ、大晦日の朝湯でした」

と年増女が答え、吾助も頷いた。

幹次郎はその形のいい年寄りが相模屋の沽券を買った人物だと判断した。

「ご隠居、なんでもよい。その年寄りのこと、覚えておることがあったら教えてほしい」

「相模屋になにがあったか知らないが、あの年寄り、影みたいにかたちがあるようでないようで、ともかくさ、烏《からす》を思わせる年寄りだ。骨と皮が長羽織を着ているような痩《や》せ方でよ、ふだんは眠っているような目だが、ときにきらりと尖った眼光でどことなく素人《かたぎ》じゃねえな、と思ったもんだ、そんな風采《ふうさい》だ」

「名は分からぬか」

「一度だって聞いたことはねえ。第一、声だって相手していた相模屋の旦那に聞こえる程度のひそひそ声だ。そういやあ、上方訛《かみがたなま》りがあったかな」

「助かった、吾助どの」

幹次郎は礼を言うと立ち上がった。

四

今戸橋際の船宿牡丹屋に一旦立ち寄った神守幹次郎は、四郎兵衛に、相模屋周左衛門と接した、

「上方訛りの、形のいい年寄り」

のことを報告した。

番方らは手分けして隅田川両岸に散る仮住まいの引手茶屋の訊き込みに出かけているらしく、牡丹屋には七代目しかいなかった。

「ほう、湯屋の二階で将棋を指しながらの談判ね」

と首を傾《かし》げ、

「周左衛門さん、魔が差したかねえ。奉公人に断わりもなくそのような決断をするお人ではないのだが」

「それがし、周左衛門どの一家の行方を追ってみます」

「もはや江戸にはおりますまい。茶屋の沽券をいくらで手放したか知らないが、何百両かの金子《きんす》は手にした一家だ。虎の子を頼りに江戸から在所に逃げて、ひっそりと暮らすことになりましょうな」

「となると行方を追うのは難しゅうございますか」

まず、と四郎兵衛は頷いた。

幹次郎は仙右衛門らが戻るまでには間がありそうだと推測し、

「七代目、この一件で身代《みが》わりの左吉《さきち》さんの知恵を借りてもようございますか」

と四郎兵衛に願った。

「この話、相模屋だけで済む話とは思えません。相手は吉原会所に対抗する力になり得るやもしれません。未だ形のいい年寄りの企《くわだ》ての全貌《ぜんぼう》が見えてはおりませぬが、考えられる手だけは打っておきましょうか」

と四郎兵衛は幹次郎の考えを許した。

ふたたび幹次郎は牡丹屋を出ると、隅田川右岸沿いに山之宿町《やまのしゆくまち》から御蔵前通《おくらまえどお》りへと向かった。

正月二日のことだ。

通りで羽根を突く娘たちや凧揚げに興《きょう》じる男の子たちがいて、門付け芸人が賑々《にぎにぎ》しく往来し、あちらこちらに正月らしい光景が見られた。また手代《てだい》を連れたお店の主人や番頭が忙《せわ》しげに年賀に回る姿も見られた。

馬喰町《ばくろちょう》の煮売り酒場が正月二日から暖簾を上げているかどうか、幹次郎はそのことにふと思い当たった。

牡丹屋で無為《むい》に過ごすより体を動かしていたほうが気分もよかろうと、無駄は承知で馬喰町の馴染《なじみ》の煮売り酒場に向かって足を速めた。

幹次郎の心配は杞憂《きゆう》に終わった。

正月の晴れ着姿の男女が往来する馬喰町の一角で、

「一膳めし酒肴」

の真新しい幟《のぼり》が新春の光を浴びて翻り、定席《じょうせき》に身代わりの左吉がいて、猪口《ちょこ》を手に表を眺めていた。

「左吉どの、おめでとうござる。旧年中はあれこれと造作《ぞうさ》をかけました。本年もよしなにお付き合いを願います」

「丁重な賀詞、痛み入りますな」

と左吉が笑い、

「小僧さん、新しい酒と杯を持ってきねえ」

と台所の奥に命じた。

「へえっ」

と小僧の竹松《たけまつ》の声が長閑《のどか》にも響いて、真新しい手拭《てぬぐ》いで捩《ねじ》り鉢巻をした虎次《とらじ》親方が姿を見せた。

「神守様、今年も宜しく願いますぜ」

「虎次親方、こちらこそ宜しく頼む」

竹松が熱燗《あつかん》の酒と杯を幹次郎の前に運んできて、幹次郎に向かい、
ぺこり
と頭を下げた。

「竹松どの、お年玉《としだま》だ」

幹次郎は懐紙《かいし》に包んだ一朱《しゅ》を竹松の手に握らせた。

「親方」

と嬉しそうな、それでいて困ったなという顔で虎次を見た。

「正月のことだ。有難く頂戴しねえ」

「神守様、有難う存じます」

と竹松が礼を述べて懐に仕舞い、親方と一緒に奥に姿を消した。その様子を眺めた左吉が、

「まずは一献《いっこん》」

と幹次郎の杯に酒を注ぎ、幹次郎も左吉の酒器に酒を満たした。

「左吉どの、新玉《あらたま》の年がよい年でありますように」

「神守様と汀女先生にもよいことがございますように願っておりますぜ」

ふたりは熱燗の酒を口に含み、ゆっくりと喉《のど》に落とした。

「神守様、馬喰町まで年賀に見えたとも思えない。吉原で正月早々なんぞ出来《しゅったい》致しましたかえ」

と江戸の裏社会に通暁《つうぎょう》する左吉が幹次郎を見た。

店の中にはふたりだけだ。

「いかにも。正月早々煩わしい話を耳に入れることになって恐縮至極《きょうしゅくしごく》にござる。じゃが、それがしの知恵袋は左吉どのしか見当たらぬ」

「知恵袋とは大仰《おおぎょう》な。まあ、話してみなせえ」

悠然《ゆうぜん》と猪口を構える左吉に新しい酒を注いだ幹次郎は、引手茶屋の相模屋の突然の身売り話を告げた。

幹次郎が話を終えても左吉は直ぐに口を開こうとはせず、なにごとか沈思《ちんし》し続けていた。

「この話、相模屋だけで終わるまいと七代目は案じておられるようだ」

「わっしもただ今の話を聞いて、引手茶屋ばかりか妓楼にまで広がりそうな予感を持ちましたな」

「左吉どのもやはり」

「五十間道の相模屋は正直申して引手としては中くらいの茶屋だ。仮宅商いがあと一年続こうというこの時節に買い取って旨みがあるとも思えない」

「いかにも」

幹次郎が首肯した。

「となると、形のいい年寄り、会所が仮宅商いと吉原再建に忙しいのをいいことに水面下で大門内の茶屋、妓楼の買い取りを続け、仮宅が終わって再建された吉原に乗り込む算段とみたがね。手を拱《こまぬ》いていたら、四郎兵衛様方のど肝を抜くような新しい一大勢力が吉原に生まれていることにもなりかねますまい」

「七代目や番方らも案じておられます」

頷いた左吉が幹次郎の杯に酒を注ぎ、

「吉原の暮らししか知らぬ相模屋の一家、どこでどうしておるやら」

と徳利《とつくり》を振って、

「いつの間にか酒が切れてやがる」

と呟いた。すると心得た小僧の竹松が新しい酒を運んできた。

「旦那、新しいのをひとつ」

「竹松、気が利くな」

にんまりと笑った竹松が、

「神守様、最前は有難うございました」

と幹次郎に挨拶し、小声で耳元に、

「神守様、お小遣いもいいけどさ、約束忘れていませんよね」

と囁《ささや》いたものだ。

「吉原指南のことだな」

「へえ、それですよ」

と竹松は奥の親方を気にした。

「ただ今は知ってのように仮宅商いだ。むろん仮宅は仮宅で味わいがあろうが、初めてそなたが男になる日だ。どうだ、一、二年後になるかもしれぬが新しい吉原ができ上がってからにせぬか。さすればそれがしからも親方に許しを願って、そなたを懇《ねんご》ろにもてなす遊女を会所に相談して吟味《ぎんみ》しておく」

「か、神守様、絶対約束ですよ」

「忘れはせぬ。その代わり、今年一年せっせと働きなされ」

「分かりました」

と張り切る竹松の後ろに虎次親方が立って、

「竹松、なにが分かったというんだ」

と囁いた。

「わあっ、親方、そんなとこにいたのかい。これは神守様とおれの内緒ごとだよ。親方には関わりがない話だよ」

と竹松がさっさと奥へと下がった。

「あの年ごろにゃあ、吉原は眩《まぶ》しゅうございましょうね」

すべてを心得た虎次がにたりと笑ったものだ。

虎次の店を出た幹次郎はまだ日が高いのを確かめ、柳原土手《やなぎわらどて》に出ると和泉橋《いずみばし》まで上がり、神田川《かんだがわ》を渡って伊勢津《いせつ》藩藤堂《とうどう》家の上《かみ》屋敷の傍らから武家屋敷を抜けて下谷車坂町《したやくるまざかちょう》に出た。

下谷山崎町《やまざきちょう》の香取神道流《かとりしんとうりゅう》津島傳兵衛《つしまでんべえ》道場に年賀の挨拶に立ち寄ろうと考えたのだ。

正月二日の昼下がり、さすがに道場から稽古の喊声《かんせい》はなかった。だが、大勢の人の気配が道場の外まで伝わってきた。

式台《しきだい》の前に雪駄《せった》や下駄が並んでいた。

門弟衆が師匠に年賀の挨拶に来ている様子だ。

幹次郎が道場に通ると狭い見所《けんじょ》下に師の津島や剣友の佐久間忠志《さくまちゅうじ》らが座し、その前に大きな車座が作られて師範の花村栄三郎《はなむらえいざぶろう》らが新年の宴を繰り広げていた。

「おお、神守様、よう見えた」

「年末年始は御用が忙しかろうと思うてお誘いするのを遠慮しておった」

と門弟たちから声がかかった。

「津島先生、ご一統様、明けましておめでとうございます」

幹次郎は床に座して新年の挨拶を述べた。

「よう参られた。ささっ、こちらへ」

と傳兵衛が手招いた。

「そちらはあまりにも上座でございますれば」

「道場で車座の宴じゃ、上座も下座もあるものか。遠くに座られては話が聞こえんでな、ささっ、こちらに」

と傳兵衛に誘われて幹次郎は稽古仲間に会釈しながら剣友らが並ぶ見所下に寄った。

「正月二日、稽古始めのあとの酒盛りがわが道場の恒例《こうれい》でござる。このように座の真ん中に菰被《こもかぶ》りを据えての武骨《ぶこつ》な宴、遠慮はいらぬ」

と笑った傳兵衛が、

「そなた、御普請奉行の佐久間どのは承知であったな」

と言うと幹次郎が初めて顔を合わせる三人を紹介した。

ひとりは陸奥《むつ》福島《ふくしま》藩三万石板倉《いたくら》家の御番頭《ごばんがしら》酒田権六《さかたごんろく》、ふたり目は、東叡山寛永寺門跡《とうえいざんかんえいじもんぜき》付の寺侍《てらざむらい》明王乗安《みようおうじようあん》、そして、三人目を傳兵衛が紹介しようとすると、

「あいや、津島先生、それがし、この御仁《ごじん》と顔を合わせる機会はなかったが、ようその名を承知にござる」

と言い出した。

「おお、そなたは北町奉行所与力であった。当然吉原は町奉行所の管轄下にござ

った な」

「いかにもさようです。吉原は官許の色里《いろざと》にござれば町奉行隠密廻り同心が監督致します。ところが長年の接待で吉原に関わる隠密廻りは骨抜きにされて、かたちばかりの面番所勤番《きんばん》になり下がってな、実権は吉原会所が握っており申す。その会所に数年前から凄腕《すごうで》の武士と博識《はくしき》の女房どのが世話になるようになった」

「かく言われるのは神守幹次郎どの夫婦ですな」

「津島先生、いかにもさようです。大門入って左手の町奉行の出先の面番所の同心は、骨抜き同心、右手の会所のそれは裏同心と呼ばれ、吉原に関わる騒ぎには必ずやこの御仁が顔出しされて始末をつけておられる。それがし、北町の与力同心を統括する筆頭《ひっとう》与力でござればまず捕物の現場に出ることはございませぬ。だが、そこなる神守幹次郎どのの名はとくと承知にございますよ」

と苦笑いした。

「神守どの、北町年番方《ねんばんかた》与力相馬辰緒《そうまたつお》どのじゃあ、お立場もあろうが、うちの道場では同じ剣を志す仲間にござれば昵懇《じっこん》にな」

と傳兵衛が口添えし、

「神守幹次郎にございます。相馬様、宜しくご指導のほど願います」

　と幹次郎は頭を下げた。

　鷹揚に頷いた相馬が、

「津島先生、それがし、噂ばかりで神守どのの腕前を拝見致したことがない。いつか機会を作ってくだされ」

「相馬どの、そなたが御用にかまけて道場に姿を見せぬのがいかぬ。神守どのの腕前を最初に見抜いた吉原会所はどれほどこのお方に助けられておるか」

「先生、それを申されますな」

　と相馬が鬢《びん》を手で掻き、若い門弟の重田勝也《しげたかつや》が、

「神守様、ご酒《しゆ》を」

　と茶碗酒を運んできた。

「頂戴致す」

　剣仲間の宴で身分を忘れてあれこれ四方山話《よもやまばなし》に花が咲いた。

　そろそろ幹次郎が暇《いとま》をしようというとき、津島傳兵衛が言い出した。

「町道場はうちにかぎらず貧乏が枕言葉につくのが当たり前、貧乏神に慣れんかぎり道場の差配など続けられようもない。ところがな、その腕を百両で買おうという御仁があちらこちらの道場を訪ねては、同道した武芸者と立ち合わせ、これ

と思うた道場主と契約しておるそうな」

「それがしも聞きました」

と北町奉行所年番方与力の相馬が言い出した。

「定町廻《じょうまちまわ》りの連中が訊き込んできたことを取り纏《まと》めますと、その御仁、年のころ、還暦《かんれき》前かと思える風貌にて名は西江牛窓《にしえぎゅうそう》とか。また、西江が同道する武芸者は、小野派一刀流《おのはいっとうりゅう》の流れを汲《く》む加治平無十次《かじひらむそじ》と申す巨漢の武芸者じゃそうな。これまでに七つの町道場が加治平との立ち合いに敗れ、三つがその腕前を買われたとか」

「相馬様、腕前を買われたと申されますが、一体、なにをなすのです。またその代価の百両は前渡しされたのでしょうか」

と師範の花村が訊いた。

「それが未だ摑《つか》めておらぬでな、われらもその動きを見守っておるところだ」

と答えた相馬が顔を歪《ゆが》めて、

「加治平はなかなかの腕前と見えて、敗れた七つの道場では何人かが大怪我を負わされたそうな」

剣道場を標榜《ひょうぼう》する以上、道場破りをはじめとする腕自慢の訪問は致し方ないところだ。お互いが納得して木刀を交えた以上、死に至ろうとも咎《とが》められなかった。

町奉行所が立ち入るにも無理があった。

だが、なんとなく怪しげな話と幹次郎は思った。一座の気持ちを代弁するように、

「胡乱《うろん》な話かな」

と酒田権六が呟き、傳兵衛も頷いた。

「先生、でも、うちにその西江とか申す御仁と武芸者が参れば、差し当たって貧乏の枕言葉が取れますね」

と未だ木刀勝負の怖さを知らぬ若い門弟が言い出した。

「去年までは道場の床ががたがたしておったが、吉原の手伝いをしてそのお代で修繕ができた。百両あれば雨漏りする屋根の修理だってできますよ」

と重田も口を添えた。

「これ、村城《むらき》、重田、渇《かつ》しても盗泉《とうせん》の水を飲まんのがわが道場の心得だ。訝しい輩《やから》に香取神道流の技を売ることができようか」

と師範の花村が言い出し、

「ああ、今年も貧乏道場は変わりないか」

「どこに不満があるな。床も踏み割ることなく稽古ができるのだ、雨漏りくらい我慢致せ」

「そこが津島道場のよいところだ」

「清貧にして朴訥《ぼくとつ》、これ以上の道場は江戸のどこを探してもないぞ」

と議論が百出し、

「百両はこの際どうでもよいが、小判で剣術の腕を買おうという魂胆が気に入らんな。そやつら、うちに来ぬかのう。叩きのめしてくれん」

と酒の勢いか、花村栄三郎が腕を撫《ぶ》した。

幹次郎が下谷山崎町の津島道場を出たのは夕闇がそろそろ上野山下《うえのやました》界隈に訪れようという刻限だった。

幹次郎は下谷御切手町《おきってまち》から坂本村《さかもとむら》、長国寺《ちょうこくじ》から吉原の南西側に出た。

大門とは反対側の水道尻の外側だ。焼け跡を鉄漿溝《おはぐろどぶ》が囲んでいた。

仲之町の中ほどにひとり、年寄りが立っているのが見えた。

(何者か)

幹次郎が訝しく思ったとき、宗匠頭巾《そうしょうずきん》の人影は、普請の始まった妓楼の闇へと姿を融《と》け込ませた。

# 第二章　島原の策謀

一

　幹次郎が牡丹屋に戻ると番方仙右衛門、小頭の長吉《ちょうきち》ら吉原会所の全員が顔を揃えていた。

「遅くなりました」

　幹次郎は詫びながら牡丹屋の二階座敷に上がった。

　船宿も吉原が焼失して仮宅商いの間は開店休業を強《し》いられていた。今戸橋界隈の大半の船宿が吉原の客を相手に商いをしていたのだ。かくいう牡丹屋もその一軒だが、牡丹屋に吉原会所が引っ越してきてなんとなく母屋《おもや》まで乗っ取られた感があった。だが、会所と牡丹屋は代々付き合いが深く、持ちつ持たれつの関係が

あったから船頭らも、

「吉原が戻ってくるまで会所の手伝い」

という顔で働いていた。

「わっしらも最前戻ってきたところなんで」

仙右衛門の応える顔に緊張の色が刷《は》かれているのを幹次郎は認めていた。

「神守様が戻られたところで番方、おまえ様から話を聞こうか」

吉原会所の七代目頭取四郎兵衛が催促《さいそく》した。

「へえ」

と頷いた仙右衛門が、

「今日一日で吉原廓外の引手茶屋が三軒、廓内の引手が二軒、やられました。そのうち一軒は仲之町の駿河屋《するがや》にございまして、もう一軒は揚屋町《あげやちよう》のいずみ屋にございました」

「なに、駿河屋さんが売りに出されておったのか」

四郎兵衛の顔に驚きが走った。

仲之町に暖簾を掲げる引手茶屋は吉原の一流の証し、山口巴屋など大門近くに七軒並ぶ七軒茶屋の次に格式を誇る茶屋だった。

また駿河屋の女将のお栄《えい》は、花魁と競うほどの美形で浮世絵に描かれたこともあり、

「駿河屋に華ありお栄あり」

と評判の女将で、それだけに贔屓の上客がついていた。

「驚きましたな」

「旦那の重兵衛《じゅうべえ》様とお栄様にお会い致しましたが、番方、申し訳ない、お栄が病《やまい》にかかっては再建する根気《こんき》が出ないのだ、七代目にはそのうちに説明に行くと申されておりました」

お栄は吉原炎上の衝撃が癒《い》えず気鬱《きうつ》の病にかかっていた。それだけに暖簾を譲渡するのは致し方ない決断といえた。

だが、問題は沽券をだれに譲ったかだ。

「番方、重兵衛さんは茶屋をだれに渡したか申されたか」

「いえ、仮の取り決めで明日にも金銭の受け渡しがあるゆえ、それまで待ってほしいと申されました」

「いずみ屋はどうか」

「こちらも内々の取り決めの段階にございますが、旦那はもはや商いを立て直す

気はないようです」

と長吉が応じた。

「この際だ。廓外の茶屋の話は抜きにして廓内の引手茶屋の話を優先させようか。他に廓内で売りに出された物件はないか」

「七代目、引手のさの屋がすでに沽券を相手に渡しております」

と老練な男衆の源八《げんぱち》が言った。

「妓楼はなかろうな」

と四郎兵衛が一座に念を押し、

「今日のところはないようでございます」

と仙右衛門が応じた。

「ふうっ」

と四郎兵衛が溜息を吐いた。

御免《ごめん》色里の吉原にあってやはり華は遊女を抱えた妓楼だ。だが、こちらは焼け出されても廓外に散っての仮宅商いができる。それゆえに日銭が入る。それも安直に遊女と床入《とこい》りができるというので、

「仮宅の焼け太り」

と言われるくらいに稼ぎになった。

だが、吉原の格式や芸事を守るための引手茶屋や芸者見番《けんばん》は、廓外の安直な床入り商売では、あがったりだ。

「番方、神守様が気になることを聞き出してこられた」

と前置きして、四郎兵衛は相模屋の周左衛門が姿を消す前に、新鳥越町の湯屋で形のよい老人と話し込んでいたことを語った。

「そんな怪しげな年寄りの口車に乗ったってわけですかえ。再建を待つ奉公人は一体全体どうなるんで」

仙右衛門が吐き捨てた。

「まさか周左衛門さんがそのような真似をしなさるとは私も驚いております」

「一家はとてもこの界隈に住めませんぜ」

「番方、とっくに江戸を離れてますよ」

それにしても、と言って仙右衛門が絶句した。

一座に重苦しい空気が流れた。幹次郎が口を開いた。

「それがし、下谷山崎町の津島道場に賀詞を述べに立ち寄りましたゆえ、長国寺のところから吉原の焼け跡の裏手に出ました。すると宗匠頭巾の年寄りが区画割りした仲之町の真ん中に立ってなにごとか考えておる風情《ふぜい》にございました」

「ほう、それは」

と仙右衛門が身を乗り出した。

「それがしの気配に気づいたか、すうっと姿を消しましたゆえ、その者がこの沽券買い取りに暗躍《あんやく》する年寄りかどうかは分かりませぬ」

幹次郎の話に頷いた四郎兵衛が、

「なんとも嫌な感じがするな」

と呟いた。

「七代目、明日からは仮宅を訪ねて訊き込みに回ります」

「それも大見世から始めておくれ。五丁町の有力な妓楼が得体の知れぬ人物に買い取られるのが一番怖いし厄介《やっかい》です」

へえ、と一同が頷いた。

五丁町とは吉原の代名詞であり、仲之町を挟んで左右に延びた江戸町《えどちょう》一、二丁目、京町《きょうまち》一、二丁目、角町《すみちょう》、伏見町《ふしみちょう》、揚屋町を指す。

幹次郎は最後に、身代わりの左吉に会った首尾《しゅび》を語り、その夜の打ち合わせはようやく終わった。

「神守様、汀女先生も夕餉を用意しておられようが、うちで食べて参られませんかな」

四郎兵衛が誘った。

幹次郎は鬱々とした四郎兵衛の気持ちを察して、頷いた。

そのとき、牡丹屋の表口に人の気配がしたようで若い衆が応対に出た。だが、直ぐに戻ってきて、

「品川宿《しながわしゆく》の太吉《たきち》親分の若い衆が見えておられます」

と取りついだ。

「太吉親分のお手先が」

と反応した仙右衛門が、

「七代目、こちらに通してようございますか」

と許しを乞い、四郎兵衛が即座に頷いた。

南品川宿と北品川宿の境は目黒川《めぐろがわ》であり、それに架かる中ノ橋《なかのはし》が南と北の品川宿を分かっていた。太吉は北品川宿高札場《こうさつば》前で一家を構えるので、

「高札場の親分」

とも呼ばれていた。その太吉の手先の玄造《げんぞう》が顔を強張《こわば》らせて座敷に上がってき

て、

「ご一統様、お揃いで」

と恐縮した。

「早速ですまねえが、なんぞ品川で厄介ごとが起こりましたか」

仙右衛門が玄造に問うた。

「へえ、夕暮れ前のことにございます、品川の浜にふたりの男女の骸《むくろ》が上がりましてね」

「船が転覆致しましたかねえ」

「いえ、船が転覆するほど海は荒れてはいませんや。ふたりして刺し殺されたのでございますよ」

「殺されて海に投げ込まれた」

「へえ、沖合で投げ込んだのでございましょうが、潮の流れで品川の浜に打ち上げられたんで」

「身元が分かるようなものを仏《ほとけ》は持っておりましたか」

と幹次郎が口を挟んだ。

玄造が大きく頷き、侍姿の幹次郎を訝しそうに見て、

「年配の男の髷の中に吉原五十間道相模屋周左衛門と記された書付《かきつけ》が結《ゆ》い込まれて残されておりました」

「な、なんですって」

と四郎兵衛が叫び、一座に緊迫が走った。

くそっ！

と仙右衛門が吐き捨てた。

「懐に大金を抱えた相模屋一家をだれかが襲いましたか」

と小頭の長吉が呟いた。

「奉公人にさえ気づかれないように茶屋を売り払った周左衛門さんだ。だれが正月早々大金を懐に入れているなんて気づくものか。小頭、相模屋の権利を買った形のいい年寄り一味が周左衛門一家を船で江戸を離れさせるとかなんとか口車に乗せて、海上で刺し殺し、金を奪い返したのさ」

幹次郎も、形のいい年寄りが正体を曝《さら》したなと、背筋に悪寒《おかん》が走るのを感じていた。

「玄造さん、もうひとりは女と言われたが年のころはどうだ」

「男とおっつかっつの年恰好でしたよ」

「おさわさんだな。娘ふたりはどうなった」

と長吉が漏らした。

「潮の流れで別の浜に打ち上げられたか、海中に引き込まれたということも考えられる。だが、娘ふたりは生きている気がするな」

「上方に連れていって悪所《あくしょ》に叩き売ろうという算段か、番方」

長吉の問いを聞きながら、幹次郎は傍らの藤原兼定を引きつけた。

「宗吉、政吉《まさきち》父つぁんに品川まで早船を頼むと願え」

仙右衛門が若い衆に命じ、

「玄造さん、恩に着るぜ。正月のことだ、とそ酒の一杯も呑んでもらいたいが事が事だ。品川まで船を仕立てる、一緒してくんな」

と願った。

政吉船頭の他に若い船頭の春太郎《はるたろう》が加わり、二丁櫓《にちょうろ》で品川まで突っ走ることになった。

番方の仙右衛門、小頭の長吉、若い衆の宗吉、それと神守幹次郎が同行し、玄造が加わって、大型の猪牙舟《ちょきぶね》に五人とふたりの船頭で一気に大川を下ることになった。

風もなく寒さも厳しくないのが救いだ。

猪牙舟が流れに乗ったところで女衆が大急ぎで拵《こしら》えた握り飯の入った重箱が開けられた。菜《おかず》に煮しめ、香のものが添えられていたし、茶まで用意されていた。

「政吉父つぁんには申し訳ないが、わっしら、腹拵えしながら参りましょうか。玄造さん、おまえさんも夕餉はまだだろう」

仙右衛門が品川から駆けつけてきた御用聞《ごようき》きの手先に勧めた。

「へえ、頂戴致します」

五人は疾風《はやて》のように流れを下る舟の中で黙々と握り飯を頬張《ほおば》って腹を満たした。

「番方、嫌な感じが致しませぬか」

「わっしも最前から考えていたところです」

と応じた仙右衛門が、

「元和《げんな》三年（一六一七）、元吉原をお上《かみ》から許された庄司甚右衛門《しょうじじんえもん》様以来、吉原は浅草田圃に移っても御免色里の金看板を背負った傾城町《けいせいまち》にございますよ、この色里を乗っ取ろうなんて大それたことを考えた輩がいないわけではなかったが、どうやらこたびは様子がおかしい」

「いささか異変が生じておるように思えます」

「神守様、天下御免の吉原を乗っ取ろうなんてことはひとりでできるこっちゃねえ。人もいるし、金もかかる。だが、今のところ形のいい年寄りしか姿を見せていない」

と仙右衛門が首を捻った。

幹次郎はふと思いついた。

「番方、それがし、津島傳兵衛先生のもとに年賀に参ったと申したな。その折り、津島先生の剣友にして北町年番方与力の相馬辰緒様にお目にかかった」

「ほう、相馬様にございますか」

仙右衛門は相馬を知っている様子で相槌《あいづち》を打った。

「その相馬様が、西江牛窓と申す人物が小野派一刀流の加治平無十次と申す巨漢の剣術家を伴い、江戸の名だたる道場を訪ね歩き、加治平と立ち合わせて腕のたしかな者なれば百両までの仕度金を出すと人集めをしている話をなされた。この西江牛窓と名乗る人物が形のいい年寄りと同じかどうかは判然とせぬが、ふと思いついたで口にした」

仙右衛門が、

うーむ
と唸《うな》って腕組みした。

「ますます嫌な感じが致しますよ」

老練な政吉船頭と若手の春太郎が息を合わせて流れに乗った猪牙舟は早、佃《つくだ》島《じま》と鉄砲洲《てっぽうず》の間に差しかかっていた。

「玄造どの、そなた、相模屋夫婦の仏を見られましたな」

「へえ、わっしも足まで波打ち際に浸かって仏を引き揚げましたから見ております」

「刺し殺されたと申されたが、ふたりして同じような傷かな」

「へえっ、刀かなにかで刎《は》ね斬ったような鮮やかな手練《しゅれん》でございました。ふたつともにたったひと刎ねでした」

幹次郎は頷くと沈思した。

浅草今戸橋から仕立てた二丁櫓の早船が目黒川河口に入り込み、砂洲《さす》と並行して南から流れてきた川が大きく西に曲がるところ、中ノ橋下で泊められた。

「政吉父つぁん、重箱に握り飯が残っている、腹拵えしながら待っててくんな」

と仙右衛門が声を残して、幹次郎らは東海道に上がった。

橋の際《きわ》に高札場があって、太吉親分は女房に小料理屋をやらせていた。その隣が番屋《ばんや》で、玄造は一行を灯《とも》りの点った番屋に伴った。

「太吉の親分、お久しゅうございます。本来なれば年賀の挨拶をしなけりゃならないところだが仏を前にしてはちょいとはばかられる、欠礼を許してくだせえ」

仙右衛門が番屋の板敷に設けられた炬燵《こたつ》に鎮座した親分に挨拶した。

幹次郎は土間の片隅に筵《むしろ》を掛けられた小山を見ていた。それが浜に打ち上げられた相模屋周左衛門と女将の骸だろう。

枕辺《まくらべ》で線香がくゆっていた。

「仙右衛門さん、おまえ様のところも昨年からえらい災難続きだねえ。七代目はお元気か」

「へえ、有難うございます。四郎兵衛は元気にしております」

「やはり仏は相模屋の旦那と女将とみていいか」

「心当たりがございまして参りました」

「ならば検分《けんぶん》しなせえ」

太吉親分の言葉に頷き返した仙右衛門らは土間の筵の傍らに集まった。

長吉が筵を剝《は》いだ。すると見覚えのある青白い顔が無念の形相で幹次郎らを睨んでいた。

幹次郎は左首筋を鮮やかに刎ね斬った手口を仔細《しさい》に検分した。

血は海に投げ落とされたときに流れ出たか、ふやけたように傷口が大きく開き、骨も見えていた。

玄造も言ったが、ふたりの傷は合わせたように見事な一撃で非情な仕事ぶりを窺わせた。

「娘ふたりの亡骸《なきがら》は未だ見つかりませんか」

仙右衛門の問いに炬燵から太吉が、

「なにっ、娘ふたりも一緒に行方を絶っているのか」

と問い返した。

「太吉親分、仔細がある」

と前置きした仙右衛門が、年の瀬から正月にかけて吉原を見舞う引手茶屋の沽券買い騒ぎを語った。

「仏を引き揚げたとき、金子に困って年の瀬に大川にでも飛び込んだかとまず考え、傷を見て、いやこいつは殺しだと考え直したところさ。どえらい騒ぎにこの仏夫婦は巻き込まれたようだね」

「吉原が焼けて気弱になったところに旨い話を持ちかけられたんでございましょうな。ふだんは奉公人思いのいい旦那なんだが、魔が差したというか」

仙右衛門が最後の言葉を呑み込んだ。

「番方、娘は生きているぜ」

「親分もそう考えられますか」

「こんな非情な殺し方をする連中だ。娘は江戸を離れた岡場所に身売りさせられるな。間違いねえ」

「親分、この話、しばらく奉行所には内緒に願えませんか」

太吉がしばらく考え込んだあと、

「正月のことだ、旦那にも申し上げてねえことだ。身許《みもと》ははっきりしたんだ、この仏、吉原に連れ帰らないか」

「いいですかえ」

「うちで預かってもこの話、どうにもなるまい」

「太吉親分、恩に着る。うちから奉行所に届けを出そう。その後、松の内明けに弔《とむら》いの真似ごとくらいせねばなるまい」

と仙右衛門が請け合った。

幹次郎は、

(なぜ周左衛門は髷に自分の名を記した書付を隠し持っていたか)

を考えていた。

二

復路は往路の倍以上も時間がかかった。

玄造が降りたが仏二体が乗ったこともあり、ひとり分重くなった。また北風が吹き始め、政吉船頭らの櫓さばきを難儀《なんぎ》させたからだ。

そこで宗吉も櫓方に加わり、必死の操船の末に江戸の内海から大川を漕《こ》ぎ上がり、山谷堀の今戸橋際の牡丹屋に戻り着いたのは夜半九つ(午前零時)を大きく回っていた。

舟中、仙右衛門が、

「神守様、仮宅じゃあ、初見世ですぜ。なにも悪いことが起こってなきゃあいいが」

と呟いたものだ。だが、幹次郎らはこちらに手を取られて、仮宅を見廻る余裕がなかった。

「なにもないとよいがな」

無意味な返答と承知していても番方の不安にそう応じるしかない。

牡丹屋では灯りが点されて、相模屋の番頭早蔵も待ち受けていた。

番方一行が戻ったことが知らされると、早蔵が一番先に船着場に飛び出してきた。

「皆の衆、ご苦労にございました。まさかうちの旦那と女将さんということはございますまいな」

と叫んだ。

だが、だれも答えない。

「えっ、返答がないというのは、そうだと申されるので」

日本堤から船着場に転がるように下りてきた早蔵が舫《もや》われたばかりの猪牙舟に飛び込み、筵を剝ぐと、

「ああ」

と悲痛な叫びを漏らし、ぺたりと腰を抜かすようにへたり込んだ。

番頭の両目に見る見る涙が盛り上がり、頰を滂沱《ぼうだ》と伝い流れた。

「なんてことだ」

「正月早々こんなことが起こるなんて」

「早蔵さん、仏を牡丹屋に運ぼうか。そこでゆっくり対面しなせえ」

と仙右衛門に諭《さと》されて、

「番方、お嬢さんのおこうさんとおさんさんはどうなさったんで。亡骸は見つからないんですか」

と詰問《きつもん》した。

「品川の浜に打ち上げられたのはふたりだけだ」

宗吉が早蔵の肩を抱き、猪牙舟から下ろした。

その様子を見届けた会所の若い衆がふたつの仏を戸板に載せて牡丹屋へと運び込んだ。その後をよろよろと男泣きしながら早蔵が従った。

船着場に四郎兵衛、仙右衛門、それに幹次郎が残された。その傍らでは疲れ切った政吉船頭が後片づけを始めていた。

「政吉父つぁん、正月早々ご苦労だったな」

と四郎兵衛が老練な船頭を労《ねぎら》い、幹次郎と仙右衛門に視線を向けた。

「七代目、こうと決まったら駿河屋といずみ屋を止める要がございますな」

「番方、おまえさん方の帰りをじりじり待っていたんだ」

「夜中だが、神守様とわっしがふたつの引手の主に会います」

「茶屋を売るもなにも命あっての物種だ、頼もう」

四郎兵衛と仙右衛門が以心伝心短く会話を交わし、ふたりはまず駿河屋の仮住まいに足を向けた。吉原を焼け出された駿河屋の一家と幾人かの奉公人は白鬚《しらひげ》ノ渡し場近くの法源寺《ほうげんじ》の離れ長屋に暮らしていた。

今戸橋を渡ったふたりは薄い三日月が照らす青い光を頼りにひたひたと北に進んだ。今戸橋からおよそ八、九丁（約〇・九～一キロ）、白鬚ノ渡しに差しかかり、ふたりは道を外れて左手に曲がった。すると奈良《なら》時代に創建されたという法源寺の参道が現われ、山門が見えた。

山門を潜った仙右衛門の足の運びに迷いはない。さすがに吉原生まれというだけあってこの界隈の地理に詳しく、引手茶屋がどこに仮住まいしているかまで承知していた。

幹次郎は境内に足を踏み入れた一瞬、どこからか見張っているような眼を意識した。だが、直ぐに気配は消えた。勘違いか、迷った幹次郎は仙右衛門に告げるまでもあるまいと、そのことを口にしなかった。

法源寺の離れ長屋は敷地の南側にあって、塀の外は今戸町だ。

長年付き合いのある菩提寺《ぼだいじ》に仮住まいを願った駿河屋一家は、二軒長屋に主人一家、奉公人と分かれて暮らしていた。それぞれの長屋は外から見ても三部屋はありそうな広さだ。

仙右衛門は、

「駿河屋仮住まい」

と板がぶら下げられた格子戸の前に立ち、
どんどん
と戸を叩き、

「駿河屋さん、会所の仙右衛門だ」

と名乗った。だが、直ぐには応答はなかった。むろん正月二日、いや、三日の未明のことだ、ぐっすりと眠りに就いていた。しばらくすると屋内で行灯《あんどん》に灯りが入れられた様子があった。

「間に合ったか」

と仙右衛門が安堵《あんど》の声を漏らした。

幹次郎は今一度辺りに注意を払ったが異変は感じられなかった。

「どなたかおられるか、吉原会所の仙右衛門ですよ、駿河屋さん」

「なんですね、番方。夜中に酔狂《すいきょう》すぎやしませんか」

番頭の光太郎《こうたろう》が主人一家と暮らしているらしく尖った声で詰問した。

「番頭、酔狂で真夜中に他人様《ひとさま》の戸口を叩くものか」

心張棒《しんばりぼう》が外されて、寝間着《ねまき》姿の光太郎が、

「一体全体、仙右衛門さんに神守様までどうしたことですね」

と驚きの顔で迎えた。

「急ぎ旦那と会いたいのだ」

「女将のお栄様が体調を崩して新町《しんまち》の先生にかかっているんですよ。明日にしてくださいな」

「それも承知の上での訪《おとな》いだ」

仙右衛門の厳しい返答に奥から、

「番頭さん、お通しなされ」

と主の重兵衛の声がした。

土間脇の三畳間に光太郎が寝て、奥の二室に主人一家が仮住まいしているらしく、ふたりは病間《びょうま》を兼ねた主夫婦の八畳間に通された。

寝床に起きたお栄も綿入《わたい》れを羽織って、ふたりを迎えた。

「重兵衛旦那、女将さん、すまねえ。こんな刻限は重々承知で訪ねる理由《わけ》があったんだ。この際だ、年賀の挨拶も抜きに話に入らせてもらいますぜ」

主夫婦が黙って頷いた。

「駿河屋さん、看板を下げるってのは真《まこと》の話ですね」

「番方、そんな話を蒸し返しに来なさったか」

重兵衛の口調がむっとした怒りを含んで問うた。

「そうですよ、その話なら明日でも間に合いますよ」

番頭の光太郎が仏頂面《ぶっちょうづら》で旦那に呼応した。

「明日じゃあ間に合わないからこうして神守様と雁首《がんくび》並べたんだ、番頭さん」

仙右衛門の険しい声にお栄が、

「旦那、番頭さん、会所の話をまずお聞きしましょうよ」

と、駿河屋はお栄でもっと言われた女将の貫禄《かんろく》で男ふたりを制した。

「わっしら、正月早々品川宿まで伸《の》してきたところだ。五十間道の相模屋夫婦の亡骸が浜に打ち上げられたんでね、今戸橋まで運んできたばっかりだ。わっしらの体から仏の匂いがしませんかえ」

「番方、意地悪なんぞ言いっこなしだ」

光太郎が弱々しく応え、仙右衛門が一気に品川行きの経緯《いきさつ》を捲《まく》し立てた。

仙右衛門の説明を呆然と聞いていた三人の顔には一様に打ちのめされた表情があった。

話が終わってもだれもなにも応えない。

「駿河屋さん、お栄さん、念を押すぜ。こちらにも仲之町の引手茶屋の沽券を譲り受けたいという話が舞い込んでいるそうですな、たしかですかえ」

「番方、ほんとうの話です」

と応じたのはお栄だ。

「番方、相模屋さんの夫婦は引手茶屋を譲った相手に殺されたと言いなさるか」

重兵衛が驚愕《きょうがく》を顔に貼りつかせたまま訊いた。

「わっしらはそう見ている。姉妹が殺されなかったのは、どこぞの悪所に叩き売られるためだ」

「なんてこった」

と重兵衛の呟きが漏れた。

「こちらにも年ごろの娘のお多恵《たえ》さんがおられましたな」

「嫌なことを言わないでおくれな、番方」

重兵衛の言葉など歯牙《しが》にもかけず、仙右衛門は話を進めた。

「相模屋さんが茶屋の沽券を売り渡した相手は、形のいい年寄りだ。商人の風体というより俳諧《はいかい》の宗匠といった風姿とまでは調べがついている。ひょっとしたら西江牛窓と名乗ったかもしれねえ」

と仙右衛門が江戸の町道場で腕の立つ剣術家を探して回る西江牛窓の名まで出して問うた。

「一興堂風庵《いっこうどうふうあん》」

とお栄がぽつんと呟いた。

「その人物が駿河屋さんの引手茶屋を引き取る人物ですね、お栄さん」

「番方が話された人物とよく似ております」

「お栄、そうは言うが世の中いくらも似た風貌の者はいるよ」

と重兵衛が口を挟んだ。

「旦那、私はこの話、最初からなんだか嫌な感じがしていましたよ」

「お栄、おまえも潮時《しおどき》と承知したじゃないか」

「たしかにそうです、旦那。体が優れないせいで胸ん中に蟠《わだかま》りがあるせいだと自分の気持ちを騙《だま》し騙し、今日まできました。番方の話を聞いて得心しましたよ」

「今更《いまさら》そんな」

と重兵衛が弱々しい抵抗を試みた。

「売買が成立した暁《あかつき》には、私どもの隠居所を豆州《ずしゅう》熱海《あたみ》に用意するという話にうっかりと乗っかったら、相模屋さんと同じく殺されて海に投げ込まれていたかもしれませんよ、旦那」

お栄の言葉に重兵衛が身をぶるっと震わせて首を竦《すく》めた。

「重兵衛さん、お栄さん、いくらで仲之町の茶屋を譲る取り決めです」

「千七百両に熱海の隠居所つきです」

「なかなかいい話だ」

と仙右衛門が乾いた口調で言い放った。

「いつどこで沽券を譲り渡されるんで」

「めでたい商いは朝の間がいいってんで、正月三日の五つ半（午前九時）の刻限、白鬚ノ渡し場に船が迎えに来る約定です」

と重兵衛が言った。

「なんとか間に合った」

と仙右衛門がようやく緊張を解《と》いた顔で呟いた。

「番方、この話、相模屋さんの一件と同じかね」

と未練ありげに重兵衛が言った。

「揚屋町のいずみ屋さんにも同じ話が舞い込んでおります。これからわっしらが訪ねます。一興堂風庵なる人物がいずみ屋さんにも話を持ちかけていたとしたら、吉原が決めた一楼一主の触れに反していくつもの引手茶屋の沽券を集めようということになります」

「なんのためにそんなことを」

と重兵衛が首を傾げた。

「旦那、番頭さん、この話はなかったことにしましょうな。私がつい気弱になったばかりに長年の看板を売り渡す馬鹿な話に乗ってしまいました。床なんぞに就いておられません、明朝、床上げをしてこの話は打ち切りです」

とお栄が言い切った。

「重兵衛さん、駿河屋に華ありお栄ありと謳《うた》われた女将さんの判断に間違いございませんよ。いいですかえ、どんなことが起ころうと、沽券を渡しちゃなりませんぜ」

と仙右衛門が念を押した。

「助かりました。この通り礼を申します、番方」

お栄が頭を下げて、仙右衛門と幹次郎は立ち上がった。

いずみ屋の仮住まいは千住宿《せんじゅしゅく》小塚原村《こづかっぱらむら》にあった。

ふたりは橋場町、今戸町、山之宿町、材木町《ざいもくちょう》、花川戸町《はなかわどまち》などの入会地《いりあいち》を抜けて、東から西へとひたひたと向かった。だが、千住の通りに出たときには仙右衛門ひとりになっていた。

八つ半（午前三時）の刻限、法源寺の離れの二軒長屋をひたひたと取り囲む影があった。

お栄は夜半に起こされたせいで未だ眠りに就くことができず、寝床の上で目を開けて考え込んでいた。

危機一髪とはこのことか。

一見風流人《ふうりゅうじん》を装った一興堂風庵の誘いに乗っていたら、明晩は江戸内海に身を浮かべていたかもしれないのだ。

「お栄、寝られぬのか」

鼾《いびき》を掻いて眠りに落ちていたはずの重兵衛がふと目覚めたか問うた。

「会所のお陰で助かりましたよ」

「番方が齎《もたら》した話、真かねえ。あの好々爺《こうこうや》然とした風庵様が私どもを騙すかねえ」

「旦那、まだ目が覚めないんで」

「目が覚めたから訊くんですよ」

「私たちは騙されておりました」

お栄が言い切ったとき、さらにひたひたと人影が長屋に迫った。

ひとりの影が格子戸の前に立った。

宗匠頭巾に丈の長い道行《みちゆき》のようなものを着た人物だ。その男の手が上がった。

すると着流しの男ふたりが金梃《かなてこ》を手に格子戸の前に蹲《うずくま》り、金梃の先端を戸の下に突っ込んだ。

「いささか乱暴じゃな」

夜明け前の闇が揺れて、ひとつの影が立ち上がった。

格子戸が開けられるのを待ち受けていた剣術家らが誰何《すいか》した。

「何奴か」

「この界隈は吉原会所の縄張り内でございましてな」

「吉原裏同心と呼ばれ、図に乗っておる者か」

「神守幹次郎にござる」

幹次郎は剣術家が四人であることをすでに承知していた。

「風庵様の御用、邪魔を致すでない」

「なにを考えてのことか知らぬが、もはや駿河屋はそなたらの詐術《さじゅつ》には嵌《はま》らぬ」

と幹次郎が言い切った。

格子戸の前に立つ一興堂風庵が片手を上げた。すると金梃を戸の下に突っ込んでいた着流しのふたりが立ち上がり、四人の剣客が剣を抜くと幹次郎を半円に囲んだ。

幹次郎の手には白鬚ノ渡し場で見つけた折れ櫂《かい》があった。長さおよそ四尺（約百二十一センチ）余、木刀より太さも太く重さも重かった。

幹次郎は折れ櫂を頭上に高々と立てた。

四人の剣客も思い思いに剣を構えた。

幹次郎と四人の間には三間（約五・五メートル）の間合があった。するすると幹次郎が後退し、距離が五、六間（約九〜十一メートル）と広がった。

四人は間合を詰めるべきかどうか迷った末に、幹次郎の次なる手を探ろうとその場から動こうとはしなかった。

「薩摩示現流《さつまじげんりゅう》、一手ご披露申す」

この声が法源寺に流れた。

きええー

未明の寺に怪鳥《けちょう》のような叫び声が響き渡り、幹次郎がいきなり四人に向かって突進した。

四人も即座に間合を詰めようとした。

しかしその瞬間、幹次郎の奇怪な動きに眩惑《げんわく》されて、その場で立ち止まった。

幹次郎の体が垂直に飛翔したのだ。

「なんと」

「こやつ、なにをするつもりか」

四人の剣客はだれもが東国者《とうごくもの》で薩摩島津《しまづ》家の御家流儀の東郷《とうごう》示現流を知らなかった。

豊後《ぶんご》岡《おか》城下玉来川《たまらいがわ》で独り稽古をする幹次郎は流浪の武芸者と出会い、東郷示現流の手ほどきを受けた。

河原に立てた流木の間を走り回りながら奇声を発し、跳び上がっては力任せに殴《なぐ》りつけるだけの稽古だ。だが、走り回り、跳び上がり、殴りつける稽古は連日何刻となく血へどを吐くまで繰り返されるのだ。

東郷示現流の恐ろしさは足腰の強さから生まれる、

「一撃必殺」

の強襲だった。

ただ今の幹次郎には玉来川河原で稽古した折りの我武者羅《がむしゃら》さも若さもない。だが、その代わり、修羅場を潜り抜けてきた経験と狡知《こうち》があった。

高々と闇に飛翔した幹次郎の口から、
ちぇーすと！

という気合が響き、折れ櫂が背中に叩きつけられた反動も加わって落下とともに虚空《こくう》を裂いた。

四人の頭上に伸しかかるように舞い降りる幹次郎の折れ櫂が、
ごつんごつん

と一気にふたりの肩口を砕いてその場に押し潰した。
左右のふたりが呆然として着地した幹次郎との間合を詰めることを忘れた。
膝を折って地上に降りた幹次郎の体が、
ぴょん
と跳ね、三人目の剣客に躍りかかって肩を撃ち、さらに反転して四人目の肩口を砕くのにわずかな間しか要しなかった。
戦いは不意に始まり、一瞬の間に終息した。
「どこへなりと立ち去られよ」
幹次郎の言葉に四人の武芸者は脂汗《あぶらあせ》を額に浮かべてよろよろと法源寺から姿を消した。
その様子を確かめた幹次郎が駿河屋の仮住まいの戸口に視線を向けたが、すでに一興堂風庵と金梃を持った男の姿は消え、
がたぴし
と雨戸が開いて駿河屋お栄と重兵衛の夫婦が顔を覗かせて、その場の光景に言葉を失って立ち竦んだ。
「重ね重ねお騒がせ申しましたな」

「なにがございましたので」

「一興堂風庵が沽券を奪いに参ったのでござる」

「噂に違《たが》わぬ神守幹次郎様の業前《わざまえ》にございますこと」

と応じたお栄が嫣然《えんぜん》と笑った。

三

その夜、幹次郎は牡丹屋に泊まった。

法源寺から牡丹屋に戻った幹次郎は四郎兵衛に番方仙右衛門と別れて行動したこと、仙右衛門が小塚原村のいずみ屋の仮住まいまでひとりで行ったことなどをまず告げた。

「神守様はこうして戻られた。番方の帰りがちと遅うございますな」

と案ずると、

「それがしが様子を見に行って参りましょう」

とふたたび立ち上がりかける幹次郎を制した四郎兵衛が、別室に待機する長吉らを呼んで小塚原村へ様子を見に行かせたのだ。

周左衛門とおさわのふたりの亡骸は、町奉行所隠密廻り同心の検分を終えたとかで、番頭の早蔵が付き従い、相模屋の菩提寺東禅寺《とうぜんじ》に運ばれていた。

牡丹屋の座敷には四郎兵衛と幹次郎のふたりだけになって、幹次郎はその夜の出来事を告げた。

「とうとう一興堂風庵が姿を見せましたか」

「それがちと奇妙なのでございます」

「奇妙とはまたどのようなことでございますな」

「七代目、どこがどうと言い切れませぬ。ただ、法源寺に姿を見せた一興堂がこたびの沽券買いの首謀者にしては、どことなく大人《おとな》しいような感じが致しましたので」

「ほう」

「吉原乗っ取りを企む一味の頭領《とうりょう》にしては覇気《はき》がなく、印象が薄く感じられました。その辺がなんとも訝しく思われます」

「予想もしておらぬところに神守様が戻ってこられた。そのせいで動揺したのではございませんか」

「未だ町道場で腕利きを集める西江牛窓と一興堂風庵が同一人物とは確かめられ

ておりませぬ。ですが、どちらにしてもふてぶてしい人物でなくてはならないはずですが」

「悪人一味を率いる頭分は押し並《な》べて押しの強さと非情さを持ち合わせているものです。そうでなければ配下の悪どもは従ってきません。神守様の勘はこれまでも数多《あまた》の悪党の嘘を暴いてこられたゆえ、ないがしろにはできませんな」

と四郎兵衛が応じたとき、仙右衛門が迎えに出た長吉らと一緒に戻ってきた。

「七代目、ひと足遅うございました。奴ら、いずみ屋の義蔵《よしぞう》さんとうねさん夫婦から沽券を買い取ったようです。その上で甘言《かんげん》に乗せたか、夫婦を仮住まいから連れ出し、姿をすでに消しておりました」

「しまった、先を越されたか」

と四郎兵衛が悔いの言葉を吐き、

「ええ、いずみ屋の夫婦には飯炊きの婆様が仮住まいの隣の小屋に住み暮らしておりましてな、およその様子を婆様が小屋の中から覗き見しておりましたんで、千聞き出すことができました。その婆様が船着場と耳にした気がするというので千住大橋に駆けつけて、いずみ屋の夫婦の行方を心当たりに捜してみましたが、なにしろ夜分のこと、番屋くらいしか起きていませんでどうにも動きが取れません」

と仙右衛門が首を横に振った。

「番方、ご苦労だったね。いずみ屋の夫婦、骸になって大川なんぞに投げ込まれてなきゃあいいがな」

「七代目、わっしもそのことを案じて千住大橋の近辺をあちらこちらと駆けずり回ってみましたが、皆目《かいもく》行方を摑むことができませんでした」

仙右衛門の顔には疲労と悔しさが漂っている。

「番方、奴らがいずみ屋の仮住まいに姿を見せたのは何刻のことです」

と幹次郎が問うた。

「わっしが神守様と別れて、小塚原に到着したのは七つ（午前四時）前にございました。そのせいぜい四半刻《しはんとき》（三十分）前に、夫婦は一味と一緒に姿を消しております」

法源寺に残りたいと申し出た幹次郎と別れて小塚原に向かった仙右衛門が要した時間を頭の中で計算して、

「番方、いずみ屋の仮住まいに一行が姿を見せたと同じ刻限に、法源寺に押し込もうとした連中がおりましてな」

「神守様、やはり法源寺の駿河屋のところにも奴ら姿を見せましたか」

と驚く仙右衛門に頷いた幹次郎がおよその話を告げた。すると仙右衛門が首を捻って、

「おかしいな」

と呟いた。

「おかしいとはどういうことで、番方」

「いずみ屋にも一興堂風庵と思しき宗匠風の人物が現れて夫婦を連れ出しております。それが同じ刻限に法源寺に姿を見せたとはどういうことか」

四郎兵衛が膝を叩き、言った。

「神守様が訝しく思われた法源寺の一興堂風庵、小塚原に現われた第二の一興堂風庵、どうやら別々の人物のようですな」

「一興堂風庵はふたりいると七代目は申されるので」

「番方、ふたりだけではなく影武者が何人もいるやもしれぬ。西江牛窓もよく似せた別人かもしれぬ。こりゃ、われらを攪乱《かくらん》するための小細工ですよ」

と四郎兵衛が言い切り、仙右衛門に法源寺の一興堂風庵の存在感が希薄《きはく》なことに幹次郎が訝しさを感じていたと話した。

「七代目、本家本元の一興堂風庵は未だわれらに影もかたちも見せてはいないと申されるので」

「なんとなくそのような気がするのだ」

「いよいよ嫌な感じですな」

「番方、相模屋に続く第二の犠牲を出したくないな」

一刻半《いっときはん》（三時間）後、幹次郎らは橋場町の第六天社円蔵院《だいろくてんしゃえんぞういん》持の岸辺にいた。

朝靄《あさもや》が漂い流れるこの界隈は荒川右岸で千住大橋からわずか十丁（約一・一キロ）ばかり下流の岸辺だ。

千住の船宿の船頭が朝ぼらけの岸辺にふたつの土左衛門が引っ掛かっているのを見つけ、船を漕ぎ寄せて千住大橋際の番屋に届けた。そこの番太が、

「こりゃ、夜中に吉原会所の番方が捜していなさったいずみ屋の夫婦じゃないか」

と言い出し、今戸橋際の牡丹屋に知らせが入ったのだ。

幹次郎らが政吉船頭の船に乗り込み、第六天社の岸辺に駆けつけてみると、果たしていずみ屋の義蔵とうね夫婦の亡骸だった。そして、ふたりの首元には相模

屋の夫婦とまるで瓜《うり》ふたつの刎ね斬ったような傷がくっきりとあった。

「畜生！」

昨夜のうちにその行方を突き止められなかった仙右衛門が吐き捨てた。

「これで犠牲は四人になった」

「番方、五人目、六人目の犠牲を出さないためにも仮宅の妓楼、引手茶屋などに会所から急ぎ、回状を出したほうがいい」

「分かりました、七代目に急ぎお願いに参りましょう」

と幹次郎の提案を受け入れた仙右衛門は後始末を長吉らに任せて、幹次郎とふたたび今戸橋の牡丹屋へと戻っていった。

船着場で四郎兵衛と足田甚吉が立ち話をしていた。

「番方、やはりいずみ屋の夫婦であったか」

「間違いございません」

と仙右衛門が答え、幹次郎の提案を告げた。しばらく腕組みして考えていた四郎兵衛が、

「番方、直ぐに回状を書こう」

と仙右衛門を従えて牡丹屋に上がっていった。

「幹やん、周左衛門さんと女将さんが仏で見つかったそうじゃな」

「頭取に聞いたか」

「ああ、東禅寺に仏が運ばれたと聞いた。おれも顔を出して線香を上げてくる」

そのことを四郎兵衛と話していたのだろう。

「幹やん、娘さんふたりの行方が分からんそうじゃな」

と甚吉が問い、幹次郎が頷いた。

「おこうさんもおさんさんも器量よしじゃからな、変なことにならなければいいが」

と相模屋の姉妹の身を案じて河岸道《かしみち》に上がりかけ、幹次郎のところへ戻ってきた。

「幹やん、相模屋はどうなる」

「主夫婦が死に、娘ふたりが行方を絶っておる。東禅寺におられる番頭の早蔵さんにでも訊いてみよ」

「われら奉公人の多くは、吉原が再建されて相模屋に戻る日を待っておるぞ」

「甚吉、それがしにはどうにも答えられぬ」

「おれはどうなる。差し当たって山口巴屋さんに働き口があるがよ、吉原に戻ったときにおれはどうなる」

「甚吉、会所の立場も考えろ。四郎兵衛様方は第三の犠牲を出すまいと今必死で奔走《ほんそう》なされておるところだ。そんなところに甚吉の勤め口がうんぬんなどと問えるものか」

「それはそうだが、うちもこの春には赤子が生まれる」

甚吉も必死だ。

幹次郎はとくと思案して答えた。

「甚吉、そなたはただ今の山口巴屋さんの仕事を必死に務めよ。一年後、吉原に戻る折り、そなたのこの一年の働きがそなたの身の振り方を決めよう、そうは思わぬか」

「山口巴屋がおれを雇うと言うか」

「それはなんとも言えぬ。だがな、甚吉、ひとつだけ忠言しておこう。下心があっての奉公は直ぐに見透かされる。ただ、無心におのれの本分を全《まっと》うせよ」

しばらく考えていた甚吉が大きく頷くと、

「東禅寺に行ってくる」

と山谷堀から日本堤に駆け上がっていった。

四郎兵衛が書き上げた回状を持参して幹次郎は、大川の両岸に散った仮宅や仮住まいの見世を一軒一軒当たり、主や女将に事情を説明して、沽券を買い上げる話が齎されたときには、まず会所に相談してくれと説得して回った。

幹次郎が担当の本所《ほんじょ》界隈の仮宅を回り終えたのは夕刻前のことだった。

牡丹屋に戻ると、一興堂風庵一味から沽券の買い取りを打診された妓楼が数軒あることが判明した。だが、幸いなことに売り渡したところはなかった。

奥座敷で四郎兵衛のもとに会所の幹部が集められた。

「神守様、一興堂らの第一幕は終わったかに思えます。第二幕はどんな手立てで姿を見せますか」

と四郎兵衛が言い、

「神守様方が回状を持って外廻りに出ておる昼過ぎに、内与力の代田滋三郎《しろたしげさぶろう》様が同心の村崎季光《むらさきとしみつ》様を伴われまして姿を見せられましてな。この一件、吉原を二分するような騒ぎになると、官許色里の特権が取り上げられかねないぞ、一日も早く解決せよと叱咤《しった》していかれました」

「面番所は気楽でようございますな。本来、このようなときに汗を掻いて走り回らなきゃならないのは面番所のはずだ。それを能天気にもわっしらの尻を叩いて済まされようとは呆《あき》れてものも言えない」

「番方、面番所を骨抜きにしたのは吉原です。まあ、致し方ありますまい」

吉原は江戸町奉行所隠密廻りの監督支配下にあった。だが、妓楼を中心に結束した吉原は面番所を接待攻めにし、骨抜きにして、廓内の自治と安全を会所の支配下に移していた。そのほうが廓内の商いがやり易《やす》いからだ。

「そいつは分かっているんですが、つい愚痴《ぐち》が出ました」

「番方、庄司甚右衛門様以来の御免色里の表看板を私らの代で下ろすわけにはいきませんよ」

「いかにもさようです」

「頭取、番方、ご両人の話を聞いていてふと思いついたことです」

「なんですな、神守様」

「一興堂風庵一味は沽券を買い集め、吉原乗っ取りを企んでおるのでござろうか。吉原から御免色里の看板を外させるために動いておるのではありませんか」

「なんのためにです」

と仙右衛門が訊いた。

「その答えは未だございません。思いつきの考えにござれば」

四郎兵衛がなにも言わず思案していたが、

「番方、神守様、ただ今のところ相手方の真意が摑めぬ以上、ひとつに決めつけて動き回ることはよそうか」

とだけ言った。

そのとき、若い衆が、

「神守様、竹松って小僧さんが訪ねてきております」

「なに、竹松さんがな」

幹次郎は四郎兵衛に許しを乞うと牡丹屋の表口に出た。すると馬喰町の煮売り酒場の小僧の竹松が船宿の広い表口で落ち着かない表情で立っていた。

「竹松さん、こちらには花魁はおられぬ」

「ここは仮宅じゃねえのか」

「吉原会所の仮住まい、本来は船宿だ。そなた、仮宅を見たいのか」

「そりゃそうですよ。その一心で使いに来たんだもの」

「まず使いの口上《こうじょう》を聞こうか」

「身代わりの旦那からの伝言でさ、今晩会いたいとさ」

「左吉どのはもう虎次親方の店に来ておられるか」

「知り合いの駕籠《かご》屋が身代わりの旦那の口上を持ってうちに来たんだよ。旦那が来るのは五つ半（午後九時）過ぎだって」

「奥に断わってくるでな」

と竹松に言い残した幹次郎は四郎兵衛のいる奥座敷に戻り、左吉に呼ばれたことを告げた。

「左吉さんがなにか探り当てたかな」

四郎兵衛が期待を込めた顔で言うと、

「神守様、連夜の御用で汀女先生のもとに帰れませぬな。汀女先生にはこちらからその旨使いを出します。もうひと頑張りお願いしますよ」

と送り出した。

幹次郎が藤原兼定を手に表口に戻ると竹松が、

「神守様、帰りにさ、仮宅を覗いていっちゃいけないかね」

と言い出した。

「左吉どのを待たせることになるがな」

「大丈夫だって、身代わりの旦那が来るのは五つ半だもの。それまでたっぷり時《と》間《き》はあるって」

「そなたの願いを無下《むげ》に断わるわけにもいかぬな」

幹次郎は馬喰町への道中に一、二軒立ち寄ってもそう時間は要すまいと頷いた。

「ほんとうかえ、花魁が見られるんだね」

「竹松さんの夢を壊さぬように大見世に連れて参ろう。道中ちと急ぐがよいか」

「花魁と会えるならば、駆け出したっていいよ」

さあ、行こうと竹松が手を引っ張らんばかりにして幹次郎を表に連れ出した。

幹次郎は竹松に急《せ》かされながら山之宿町の通りを浅草花川戸町まで南行し、広小路に折れた。

幹次郎の狙いは最初から東仲町《ひがしなかちょう》に仮宅を構えた大籬の三浦屋だ。むろん張見世に薄墨太夫《うすずみだゆう》がいるはずがなかった。だが、竹松の願いを聞き届けるために三浦屋へと向かったのだ。

幹次郎は広小路から東仲町へと折れたとき、赤い光の中に三浦屋が浮かび、その前に素見《ひやかし》の客が集まっているのを見た。

「あれが花魁のいるとこだね」

と竹松が逸《はや》った。

「これ、慌てるでない」

大籬の三浦屋は仮宅商いでも立派な張見世を設けて、大行灯《おおあんどん》が煌々《こうこう》と照らす中に着飾った振袖新造《ふりそでしんぞう》らが凝った煙草盆を前に悠然と座っていた。

張格子に張りついた客が、

「花魁、こっちを向きねえな、折角よ、麹町《こうじまち》からおれが顔見せに来たんじゃねえか」

「どなた様にありんすわいな」

「素っ気ないこと言いっこなしだ、おれだよ、麹町の源《げん》さんだよ」

「麹町の？　こんな黒達磨《くろだるま》、わちきに覚えはございませんわいな」

幹次郎は竹松を張見世の前に連れていった。

「わあっ、目が眩《くら》む」

と竹松が大声を上げて、遊女が竹松と幹次郎を見た。

「神守様、今日はどちらの小僧さんを連れてきやんした」

姉さん女郎が幹次郎に声をかけた。

「花木綿《はなゆう》さんか。それがしの知り合いでな、なんとしても遊女が見たいと言うで連れて参った」

「薄墨太夫は座敷にありんす」

「それは承知で来たのだ。竹松さんがそなたらの座敷に上がるまでには何年か時間が要《い》る、今宵は下調べでな」

と幹次郎が笑うと花木綿が、

「わちきがちょいと薄墨様に耳打ちして参りますわいな、お待ちなんし」

と張見世からしなを作って出ていった。

竹松は格子に張りついてあんぐりと口を開けて、きらびやかな張見世に居並ぶ振袖新造を見つめていた。

「竹松さん、どうだな、遊女衆を見た感想は」

ごくりと唾《つば》を飲んだ竹松は、

「おれ、火事の前ちらりと見たけどよ、こんな間近ではなかったぞ。いつ死んでもいい」

と大きな溜息を漏らした。そこへ薄墨の禿が姿を見せて幹次郎の耳元になにごとか囁いた。

竹松の驚きは絶頂に達したようで、がたがたと身を震わした。

「竹松さん、気はたしかか」

「生きているかどうか分かりませんよ」

「それがし、用があって帳場に上がるが、そなたはここで待っておるか」

「帳場ってこの見世の中なの」

「いかにも三浦屋様の内証《ないしょ》だ」

「花魁は」

「おられるかもしれぬな」

「おれも行く」

と竹松が即座に喚いた。

四

仮宅であっても三浦屋の内証は立派な縁起棚を設《しつら》えた八畳間で、主の四郎左《しろうざ》衛門《えもん》が長火鉢の前から、

「神守様、明けましておめでとうございます」

と幹次郎を迎えた。

幹次郎は座敷に入らず廊下に座して、

「四郎左衛門様、旧年中はお世話に相なり申しました。本年が三浦屋様にとって弥栄《いやさか》の年でありますように」

と挨拶を返した。

なんといっても大籬三浦屋は、

「吉原の顔」

であった。

代々の高尾《たかお》太夫を輩出《はいしゅつ》し、ただ今も全盛を誇る薄墨太夫を抱えていた。

「うちが仮宅でなんとか正月を迎えられるのも神守様がおられればこそ」

「主どの、その話はもはや終わりにしていただきとうございます」

旧年十一月九日未明、吉原が炎上した折り、七縣堂骨鋒《しちけんどうこっぽう》らの手によって薄墨太夫は燃え上がる三浦屋に独り軟禁された。

薄墨救出のために命を張った幹次郎が見事救い出したことを四郎左衛門は言っていた。

「まあ、その話は置いておいて」

と笑った四郎左衛門が、

「本日は小僧さんを連れての見廻りですか」

と廊下で物珍しそうに内証を眺め回す竹松を見た。

「竹松さん、お座りなされ」

と幹次郎は竹松を傍らに座らせ、同道した事情を述べた。

「おや、先々お客様になるかもしれぬ小僧さんですか」

と笑みを浮かべた四郎左衛門が、

「だれか甘いものでも小僧さんに持ってきなされ」

と命じると振袖新造の夢香《ゆめか》が菓子盆に生菓子を積んで運んできた。

「竹松さん、お好きなものをお取りなされ」

夢香は、振袖新造に昇格したばかりで初々《ういうい》しさが体全体から漂っていた。

そんな夢香に近くに寄られた竹松は目が眩んだか、菓子盆より夢香の顔をあんぐりと口を開けて凝視《ぎょうし》した。

「竹松さん、わちきの顔になんぞ墨でもついてありんすか」

夢香に話しかけられた竹松が顔を激しい勢いで横に振って、

「分からねえ」

と呟いた。

「旦那様、この小僧さん、気が動転してござりんす」

「夢香、紙に包んで持たせなされ。ここで食する余裕はなさそうだ」

四郎左衛門の命で夢香が奉書紙《ほうしよがみ》に生菓子をいくつも包んで竹松の前に差し出したが、竹松は心ここにあらずの表情だった。そこで夢香が竹松の懐に紙包みを押し込んだ。

「神守様、また吉原を新たな危難が見舞《みも》うておるそうな」

回状でそのことを承知していた四郎左衛門が幹次郎に訊いた。

「年の瀬から引手茶屋や妓楼の沽券を密かに買い集める人物がございましてな、われら、正月からきりきり舞いさせられております。七代目はそのうち、妓楼に手が伸びることを案じておられます」

「仮宅の間に吉原の沽券を集めて、新しい勢力を作るつもりか」

さすがは吉原の大見世の暖簾を守ってきた妓楼の主、即座に吉原を見舞う危難の本質を見抜いていた。

「四郎兵衛様もそのことを案じておられます」

幹次郎の傍らでは竹松がようよう落ち着きを取り戻したか、懐に突っ込まれた包《ほど》みを解き、生菓子をひとつ取り出して口に入れ、

「神守様、おれ、こんな甘いもん食ったことがねえ」

と食い始めていた。そこへ廊下に足音がして、

「主様《ぬしさま》、廊下から座敷に入られませ」

と薄墨太夫が、ゆったりとした優美な動きに気品と貫禄を漂わせて幹次郎の傍らに座すると手を取った。

薄墨の体からそこはかとなく伽羅《きやら》の香りが漂った。菓子を食うのをやめた竹松が薄墨の顔を間近に見た。

小僧の竹松にも薄墨の格別な美しさは理解ができたらしく言葉もなく茫然自失《ぼうぜんじしつ》、魂を抜かれた様子でただ太夫を見た。

「主様、このようなところでは」

と薄墨が幹次郎を廊下から座敷に導き、長火鉢を挟んで四郎左衛門と対面する席へと招じた。そして、三つ指を突くと、

「神守様、新玉の年、おめでとうござんす」

と改めて年賀を述べた。

「太夫、おめでとうござる。本年も宜しゅうお付き合いのほど願い奉《たてまつ》る」

幹次郎の丁重な返礼を薄墨が嫣然とした笑みで受け止めた。

「太夫、それがしに賀詞を述べるためにお引き止めあったとも思えぬが」

「主様、それではご不満でありんすか」

「天下の薄墨様になんの不満がございましょうや」

薄墨の顔が幹次郎の耳に近づき、

「今年は仮宅での正月にありんす。とは申せ初日は年礼のあと、年の瀬に仕舞いをつけてくれたお馴染様を迎えて賑やかに大黒舞を楽しみました」

と不意に話柄《わへい》を転じた。

旧年最後の客を新年早々に迎えるのが吉原の吉例だ。

薄墨太夫の、この数年の年明けの客は日本橋魚河岸《にほんばしうおがし》の老舗《しにせ》問屋伊豆魚《いずうお》の隠居桐《とう》左衛門《ざえもん》と決まっていた。

「隠居がちと無理を申されました」

幹次郎は薄墨の顔を見た。

頷き返した薄墨が、

「こちらに馴染ではないが、ちと義理があるお人があって、すまぬが、座敷に迎えてくれぬか、との頼みにござんした」

「初めてのお客を迎えられた」

大見世の三浦屋としては異例のことだ。

「仮宅ということもございまして仕来たりを曲げました」

四郎左衛門が言い添えた。

いくら三浦屋とて馴染の伊豆魚桐左衛門の頼みを異例だからと断わるわけにもいかなかったのだろう。その背景には不断の格式と仕来たりをさらりと忘れて稼ぎに走る仮宅商いがあったのだ。

「新規のお客になんぞございましたか」

頷いた薄墨が、

「上がられたのは風流人の形をしたお年寄りと大きな身丈のお武家様のふたりにございました」

と言った。

幹次郎の背に嫌な感じが走った。

「名は名乗られたか」

「一興堂風庵とお年寄りが名乗られました」

「ふうっ」

と幹次郎が息を吐いた。

「神守様に心当たりがありんすか」

首肯した幹次郎は、

「その御仁、ただ遊びで見えられたか」

とさらに問うた。

薄墨の顔が横へゆっくりと振られた。すると名木の香りが幹次郎の鼻腔《びこう》に押し寄せてきた。

「神守幹次郎様のことをあれこれとこの薄墨にお尋ねでござんした」

「太夫、一興堂風庵、風流人と思えるか」

「いえ、あの御仁、風流を解するにほど遠きお人かと。体じゅうから血の臭いが漂って参ります」

小さく頷いた幹次郎に、

「一興堂風庵様は京《きょう》の出と申されましたが、薄墨はなんとのう東国、それも江戸のお人ではないかと推量しました。京近辺のやわらかな口調で話されましたが、端々《はしばし》に江戸言葉が窺えました」

「ほう、江戸の出な」

「台《だい》の物《もの》にほとんど手をつけられませぬ。酒だけを嘗《な》めるように召し上がられました」

「薄墨太夫、連れの武家とは話をなしたか」

「いえ、一興堂様の言葉に短く頷かれるだけで、ほとんど話らしい話はなさいませんでした」

「主の一興堂がそれがしに関心を持っているのはなんのためであろうか」

幹次郎は自問した。

薄墨はしばらく沈思して、

「なぜかは存じませぬ。ですが、言葉の背後にそこはかとなく憎《にく》しみを感じたのは薄墨の勘違いでしょうか」

幹次郎に答えるすべはない。

「薄墨太夫、四郎左衛門様、二度とその人物を客に迎えてはなりませぬ」

「やはり神守様となにか因縁《いんねん》がございますかな」

四郎左衛門が訊いた。

「それがしではございませぬ。沽券を買い集める黒幕がこの一興堂風庵かと推測されます。こやつの手にかかり、揚屋町のいずみ屋夫婦、五十間道の引手茶屋相模屋の夫婦の四人がすでに命を絶たれております」

なんと、と四郎左衛門が絶句し、

「伊豆魚のご隠居、どうしてわちきにこのような人物を口添えしたのでありんしようか」

と薄墨がそのことを気にした。

「太夫、それがしが明日にも伊豆魚の隠居に会《お》うてもよいか」

「ご隠居と神守様なればきっと話が合いまする」

「太夫、決してそなたには迷惑はかけぬ」

薄墨が頷いた。

幹次郎は視線を太夫から主へと移し、

「四郎左衛門様、手がかりがひとつ得られました。礼を申します」

と丁寧に頭を下げる幹次郎の手に薄墨が自らの手を重ねてふたたび振り向かせた。

「わちきがその御仁に申したことは、ただひとつでありんす。神守幹次郎様は薄墨の命の恩人、上客様より大事なお方というひと言だけにござんした」

幹次郎は薄墨に頷き返すと傍らの刀を摑んだ。

幹次郎と竹松が馬喰町の、虎次親方が主の煮売り酒場に戻ったとき、すでに五

つ半を回り、

「一膳めし酒肴」の真新しい幟は下げられて、身代わりの左吉ひとりだけが残っていた。

「左吉どの、待たせてすまぬ」

「なんのことがございましょう。吉原会所は正月早々大忙しのようだ」

仰《おつしや》る通り宗匠頭巾に引き回されております」

幹次郎は腰の藤原兼定を外すと左吉が腰を落ち着ける卓についた。

「おい、竹松、どうした。気分でも悪いか」

虎次がぼうっとした顔つきの小僧の身を案じて訊いた。

「ふあい」

「なんだ、その力のねえ返事はよ。おめえ、懐が膨れているが会所でなんぞ馳走《ちそう》になったか」

「親方、会所じゃねえや」

「ならばどこで馳走になった」

「ふあい、三浦屋の仮宅にありんす」

竹松は、幹次郎が親方には内緒だと命じた三浦屋の仮宅訪問をあっさりと暴露《ばくろ》してしまった。

「なに、竹松、おめえは三浦屋に行ったたって」

「すまぬ、親方。竹松さんのたっての頼みでな、三浦屋の張見世をちらりと覗いて参った」

「道理で魂ここにあらずって顔で、その上に腰まで浮き上がってますぜ」

「親方、竹松さんを叱ってはならぬぞ。そのお陰でひとつ探索が進んだのだ」

「ほう、竹松を連れて三浦屋を訪ねたら、どんな功徳《くどく》がございましたかな」

と左吉も興味を示して訊いてきた。

幹次郎は薄墨太夫から齎された情報を左吉に告げた上で、正月に入ってからの急展開も話した。

「さすがに薄墨太夫でございますね、あっさりと化けの皮を剝いでしまわれた」

「ほう、それはまた」

「神守様、一興堂風庵と申す人物、出は江戸であれ京島原《しまばら》と繫がりがある御仁と思えます」

と身代わりの左吉が言い出した。

「なぜ島原と関わりを持つ一興堂風庵が、おなじ遊里吉原に乗り込んでこられるのでござろうか」

「神守様、わっしらの調べは未だ上《うわ》っ面《つら》のことだ。それを差し引いて聞いてくだせえ」

「承知した」

と応じる幹次郎に、左吉が、

「おっと親方、熱燗と杯を願おうか」

「へえ」

と虎次親方が返事をして、

「手柄かどうかは知らないが、竹松は当分使いもんになりそうにございませんぜ」

と未だ土間で夢見心地の竹松を眺めた。

「なにしろ相手は薄墨太夫ゆえな、竹松さんも魂を抜かれたのであろう」

「全盛を極める太夫にこの歳で会ったのが幸せなことか不幸の始まりか」

「親方、それがし、えらいことをしたようだな、謝る」

「神守様、こいつが男だってことははっきりしたんだ、喜ぶべきでしょうな」

と言いながら虎次親方が竹松の手を引いて奥へと姿を消した。

「熱燗が来るまでの繋ぎにございます」

と左吉が呑み干した酒器を幹次郎に持たせ、燗徳利の酒を注いだ。

「頂戴致す」

幹次郎は温《ぬる》くなった酒をくいっと喉に落とした。

「鉄砲洲河岸で偶々あやつらの仲間が酒を呑んで土地《ところ》の者らと揉《も》めたのは、昨日のことなんで。なんでもあやつらの中に腕の立つ武芸者がいて、土地の若い衆を木刀で殴りつけ、酒の勢いで、われら、一興堂風庵配下、京島原より下ってきた者、吉原を遠からずわれらがものにするとかしないとか、啖呵《たんか》を切ったようなんですよ。そのことを仲間を通して小耳に挟んだんで、鉄砲洲河岸に出かけて参りました」

「ご苦労にございましたな」

「奴ら、佃島沖に泊めた二隻の北前船《きたまえぶね》に住み暮らしておるようです」

「船に宿泊しておりますか」

「一部の者は佃島の漁師町に家を借りておるとの噂もございます。まずはそのことを神守幹次郎様にお知らせしておこうと思いましてね」

「左吉どの、一興堂風庵なる者、何人か替え玉を用意しておるように見受けます。

おそらく三浦屋の仮宅に上がった人物が真の一興堂風庵かと存じます」

「それでございますよ。配下の者も親玉が何人もおることに戸惑《とまど》いを感じておるようにみえまして、だれが本物か、知らぬ者が多いようです」

虎次親方が熱燗と、幹次郎に酒器を運んできた。

「左吉どの、返杯じゃ」

とまず左吉の器を満たし、届けられた杯を虎次に差し出すと、

「正月のことだ、一杯注がせてくれぬか」

と燗徳利を差し出した。

「お客人の神守様に酒を注がれては、明日から大川の流れが反対に変わりますぜ」

と言いながらも嬉しそうに幹次郎の酒を受けた。

「竹松さんはどうしておる」

「よほど嬉しかったんだね。時折りにたにたと気味の悪いような思い出し笑いをしてますぜ」

と苦笑いした虎次が、

「考えてみりゃ、わっしも十五、六のときに内藤新宿《ないとうしんじゅく》の飯盛旅籠《めしもりはたご》に連れていか

れましたよ。あいつも来年にはその歳になる、ものは順送りですね」

と得心するように言った。

「竹松のほうは時が解決しよう。難儀はこちらにございますな」

と左吉が幹次郎の顔を窺った。

幹次郎は虎次親方の店の外を眺めた。

雪がちらつき始めたようで店の中にも吹き込んできた。

「薄墨太夫と左吉どのが探り出した話だ、会所の四郎兵衛様に急ぎ伝えるという手もあるが、それがしも覗いた上で今戸橋に戻ろうかと思う」

「ならばわっしもお供致しますぜ」

と左吉が残った杯の酒を呑み干して立ち上がった。

# 第三章　佃島《つくだじま》の別邸

## 一

鉄砲洲河岸に何軒か船宿が並んでいた。

身代わりの左吉はそのようなところに見向きもせず、波が打ちつける岸に荷船が舫われた一角に幹次郎を案内した。

「才蔵爺《さいぞうじい》」

左吉が何度か、艫《とも》に板屋根を葺《ふ》いた小屋を載せた荷船に呼びかけると、

「こんな夜中にだれだ」

がさごそと音がして、怒りを含んだ声が返ってきた。

「おれだ、左吉だ」

「なんでえ、身代わりの左吉さんか」

どてらを着込んだ顔が覗き、

「こんな刻限に、どうする気だ」

「一晩一分《ぶ》でどうだ」

「釣りという形《なり》でもなし、どこへ行こうという気か」

「まずは河岸を離れて佃島に舳先《へさき》を向けてくんな」

左吉は身軽に荷船に飛び下りると器用にも舫い綱《づな》を解いた。

幹次郎も左吉を真似て船に下りた。

その間に才蔵爺がどてらを脱いで身仕度を整え、すでに櫓の用意を終えていた左吉と替わった。

幹次郎は船中に転がっていた棹で岸辺の石垣を突いた。

「才蔵爺、佃島沖に上方から来た怪しげな船が二隻泊まっていねえか」

「風流人の形をした親玉の北前船か」

「それだ、そいつをまず眺めてみたい」

「闇夜だが触《さわ》らぬ神に祟《たた》りなしだぜ」

「それじゃあ、おれの商売は上がったりだ」

「ふたりがどうなろうと構わねえが、おれまで巻き込むな」

「そんときはおれたちを見捨ててさっさと鉄砲洲河岸に戻りな」

「銭を先にもらっておこうか」

櫓を離した手に左吉が一分を渡した。

佃島と鉄砲洲河岸の間の狭い流れに江戸内海の波、大川の流れ、八丁堀《はっちょうぼり》と越前堀《えちぜんぼり》からの水がぶつかり合って複雑な潮流を作っていた。そのせいで荷船は上下に大きく揺さぶられた。

だが、才蔵は平然としたものだ。

「あやつら、なにをしに佃島沖に泊まっているか承知か」

「さあてな、夜中それなりの恰好の武家が訪ねていくがね」

「ほう、面白いな。今晩も訪ねていったか」

「今晩は日が落ちて直ぐに眠りに就いたんで知らねえ」

と才蔵が答えた。

小屋を載せた荷船はすでに鉄砲洲河岸と佃島の間の潮流を乗り切り、佃島と石川島《いしかわじま》の人足寄場《にんそくよせば》の間の水路へと才蔵は突っ込んだ。

波が和らぎ、荷船が船足を速めて東に進んだ。

佃島の住吉社《すみよししや》を見ながら、才蔵の荷船は佃島の東へと抜けた。すると荷船は江戸の内海に出た。

荷船は波に弄《もてあそ》ばれるように大きく揺れた。

「沖合に黒い影がふたつあろうが。あれが上方船じゃぞ」

才蔵が越中島《えっちゅうじま》の沖合に船腹を寄せて停泊する北前船を指した。

「近づかなくていいや、まずはぐるりと回ってくんな」

左吉が才蔵に命じ、荷船は波に揺られながらも停泊する二隻の船の周りを大きく回った。

二隻の船は一見眠りに就いているかのように思えた。だが、船に見張りが立っていることを幹次郎は察知した。

鈍重《どんじゅう》な荷船で密やかに漕ぎ寄せることなどとてもできそうにない。

「まさか上方船に漕ぎ寄せろとは言うめえな、左吉さん」

「一分で命を張れとは言えないな」

声もなく笑った才蔵が舳先を海へと向け直して佃島へ戻っていこうとした。

「才蔵どの、佃島にあの者たちが借り受けた住まいがあると聞いたが承知か」

幹次郎が才蔵に初めて口を利いた。だが、直ぐには返答はない。

「才蔵爺、吉原会所の裏同心の噂を聞いたことはないか」

と左吉が才蔵に尋ねた。

「去年の大火の折り、薄墨太夫を炎の中から助け出されたお方だな」

「神守幹次郎様だ」

「おれの目の前の侍が今吉原で評判の裏同心か」

「そうだ、以後昵懇の付き合いを願うぜ」

左吉の言葉に才蔵がぺこりと頭を下げた。

「武家が訪ねていく家は讃岐屋《さぬきや》の別邸ですよ、神守様」

「なに、武家が訪ねていくのは船ではないのか」

と左吉が才蔵に反問した。

「だれが船を訪ねていくと言った。一味の頭分は讃岐屋の別邸だよ」

「才蔵爺、そっちに船を回してくれ」

「そのつもりだ」

波に揺られながらも沖合からゆっくりと佃島の東海岸に接近していった。

「神守様、讃岐屋は品川宿で一時威勢を張った妓楼でしてね、全盛の折りは飯盛を何十人も抱えていたはずですよ。近ごろ、商いがうまくいかなくなって暖簾を下ろしたと聞いてましたがね、それで怪しげな一味に別邸を貸したんですかね」

と左吉が幹次郎に説明した。

荷船の舳先の向こうに佃島の東海岸の岩場が近づいてきた。すると岩場に築地《ついじ》塀《べい》で囲まれた屋敷が見えてきた。

「あれですよ、讃岐屋の景気がいいときは上客を船で品川から佃島に送り込んで、もてなしたって話ですがね」

讃岐屋別邸は闇に沈んで見えた。

「別邸の周りは漁師町でしてね、讃岐屋とは付き合いはねえはずだ」

と言った左吉が闇を透かして別邸を見ていたが、

「眠りましたかねえ」

「左吉さん、起きておる」

幹次郎の勘は人の気配が漂うのを感じ取っていた。

「ちょいと覗いていきたいものだが」

へえ、と左吉が頷き、才蔵が心得顔に岩場に切り込まれた船着場に荷船を寄せた。

「いいか、沖合にいるのは一刻（二時間）だけだ。それまでに戻ってこなきゃあ、おれは鉄砲洲河岸に戻って寝る」

「ああ、それでいい」

と左吉が答えて、幹次郎らは荷船の舳先に移動した。

才蔵が巧みに櫓を操り、岩場と船が並行するように舳先を流した。

左吉と幹次郎の両人は揺れの間合を見て、次々に岩場に飛んだ。すると、才蔵の荷船が岩場から、

すいっ

と離れていった。

幹次郎らは岩場をよじ登り、高さ六尺（約一・八メートル）ほどの築地塀に出た。

ふたりは讃岐屋別邸の船着場の方角に塀沿いに歩いていった。すると船が敷地の中に出入りする水門があって、築地塀に通用門が見えた。

「ちょいとお待ちを」

左吉は帯を解くと縞模様の袷《あわせ》を脱ぎ、腹がけ股引《ももひき》姿になった。すると黒の裏地に返して着直して帯を器用に締めた。そうしておいて袷の裾を腰帯にたくし込んだ。懐から黒手拭いを出すと盗人《ぬすっと》被りにして、水門へと下りていった。しばら

くすると、
ぎいっ
と通用門が開いた。

「旗本二千石の拝領屋敷の広さはございますぜ。一興堂風庵、なかなかの塒を構えたものだ」

左吉の声に誘われて幹次郎も讃岐屋の別邸に入った。

「品川の女郎屋の讃岐屋は元々藍《あい》商人と聞いたことがございます。元禄《げんろく》（一六八八〜一七〇四）のころ、江戸に拠点を置いて品川宿で女郎屋を始めたそうなんで」

左吉が敷地の奥へと進み始めた。

佃島は、摂津国西成郡佃村《せっつのくににしなりごおりつくだむら》の漁師が鉄砲洲沖の大川河口の干潟《ひがた》を拝領して造成した人工島だ。

正保《しょうほう》元年（一六四四）に佃島と命名したと記録にはある。

佃村の名主森孫右衛門《もりまごえもん》ら漁師三十余人は家康が京に上った折りに神崎川《かんざきがわ》で漁《いさ》り舟を供したことが縁で、天正《てんしょう》十八年（一五九〇）の家康の関東入国にも同道し、大川河口や江戸内海の漁の免許を与えられた。また白魚《しらうお》を徳川家に献上する権利を与えられ、毎年十一月から翌年の三月まで白魚漁を行ってきた。さらに佃島の漁師は御本丸御膳御菜《ごほんまるごぜんごさい》、御成先御網御用《おなりさきおあみごよう》を務めたことから役《えき》負担は免除されていた。

大川河口の干潟を埋め立ててできた人工島だ。平らな土地だが讃岐屋は金にあかして敷地に築山をあちらこちらに拵《こしら》えて起伏をつけていた。

築山を越えると、石橋のある泉水《せんすい》の庭に出た。泉水では舟遊びができるようになっていて、船着場に小舟が舫われていた。

幹次郎らがいる岸に東屋《あずまや》があって、対岸には数寄屋造《すきやづく》りの母屋が見えた。

冬のことだ。雨戸が閉められていたが、幹次郎には人が起きている気配が感じ取れた。

頭の上でざわざわと松が鳴った。

松籟《しょうらい》に人声が混じった。

「見張りのようですぜ」

幹次郎らは植え込みの陰に隠れた。

提灯《ちょうちん》を照らした一団が泉水に架かった石橋を渡って、幹次郎らが隠れる岸へと姿を見せた。

「光吉《こうきち》、ちと一服して参るぞ」

提灯持ちの小者に浪人者が話しかけた。

「正月というのに夜廻りでは間尺《ましゃく》に合わぬな」

「新参者ゆえ致し方あるまい」

仲間の浪人が言った。浪人は三人だ。中のひとりは赤柄《あかえ》の短槍《たんそう》を携帯していた。

「われら、いつ吉原に乗り込むのじゃ」

「仮宅は未だ一年は続くというぞ」

「その間、われら夜廻りか」

「新しく手勢がまた何人か雇われれば、われらもちと待遇がよくなろう」

「それがしは船に寝泊まりするより蔵の中がなんぼかよい。それにしても江戸で集められた者たちは待遇がよいな」

「加治平無十次の眼鏡《めがね》に適《かな》った武芸者だ、われらと腕が違う」

「あやつら、いざとなれば先陣で突っ込まされるぞ」

「おれは気楽な小間使いでよいわ。世の中、命あっての物種だぞ」

「いかにもいかにも」

煙草を吸いながら話に花を咲かせていた。

「村越《むらこし》様、ちょいと体を温めませぬか」

と提灯持ちの小者が言い出した。

「光吉、懐が膨らんでおるが、なんぞ持っておるのか」

村越が光吉に訊き、光吉が懐から貧乏徳利を、そして、袖口から茶碗をふたつ取り出した。

「でかしたぞ、光吉」

「台所の飯炊き女をちょいと誑《たぶら》かして用意させたんで」

「おうおう、これがあれば夜廻りも元気が出る」

四人は風を避けて、幹次郎らが隠れた植え込み近くの東屋に入り、提灯を足元に置いて腰を下ろした。

「まず一献、頂戴しようか」

村越ともうひとりの浪人に茶碗が渡り、ぽんと栓《せん》が抜かれた音がして酒の香りが幹次郎らのところまで漂ってきた。

もはや動くに動けない。

幹次郎も左吉も持久戦になると覚悟した。

きゅっ

と喉を鳴らして呑んだ村越が、

「ふあっ、堪《こた》えられぬ」

と言うと朋輩《ほうばい》に茶碗を渡した気配があった。

「それにしても官許の色里を乗っ取ろうとは、途方もないことを一興堂風庵どのは考えられたものだな」

「江戸の吉原は京を手本に造られたというが、ただ今では商いの額が違うでな。京の本家が分家の乗っ取りを企てたのよ」

「それにしても後ろ盾があってのことであろう」

「その後ろ盾がだれか分からぬ」

「われら新参者に、そう簡単に伝わるものか」

「それがしは、幕閣《ばっかく》のさるお方と漏れ聞いたぞ」

「春日《かすが》、その一件は見ざる言わざる聞かざるに越したことはあるまい」

「なぜだ、泉田《いずみだ》」

「それがしの勘だが、その辺を突くと、こちらの命が危なくなると思わぬか」

一座が泉田の言葉に沈黙し、

「一年の我慢か」

と村越の声が呟いた。

「村越どの、吉原とて乗っ取りが分かれば必死に抵抗致しましょう。吉原には四郎兵衛会所と申す自衛の集まりがあるというではありませんか」

「町人の集まり、なにほどのことがあらん」

「いえ、滅法《めっぽう》腕の立つ侍が加わっておるそうにございます」

「そやつじゃな、法源寺で四人の仲間が肩を砕かれて使いものにならなくなったではないか」

「泉田、それは言わぬがよい」

また沈黙があった。

「あの者たち、必死で逃れてきたというに、あやつ、非情にも四人の命をあっさりと絶ちおったぞ」

「酒が不味《まず》くなる、その話はやめよ」

茶碗酒が沈黙のままに酌み交わされた様子があった。

「小野派一刀流というがあの者の剣法、苛烈《かれつ》にして非情だぞ」

「人を殺すのが剣本来の使命と豪語しておられる御仁だ、できるだけ関わりを持たぬことだ」

「それがし、仕事で怪我を負ったときにはここには戻らぬぞ」

「命を絶たれては敵《かな》わぬでな」

「いかにもさようかな」

酒の香りに混じって煙草の匂いが幹次郎らの潜む植え込みの陰まで漂い流れてきた。

「光吉、酒はどれほど残っておる」

「三、四合でしょうか」

「この際だ、呑み干してしまえ」

四人の間に茶碗が回ったようで喉が鳴る音や舌舐《な》めずりする音が聞こえてきた。

夜廻りを中断しての酒盛りは一刻以上も続いていた。

「ふうっ、これで夜廻りにも精《せい》がつく」

東屋を出たひとりが幹次郎らの隠れ潜む植え込みの傍《そば》に来て小便を始めた。酒臭い小便の臭いが漂い流れてきたが、幹次郎らにはどうしようもない。

「泉田、参るぞ」

「おおっ」

と答えて腰を振った泉田がその場から離れて仲間のところに走り戻っていった。

「なんて野郎どもだ」

と左吉がうんざりした声を漏らした。

「そのせいで幾分様子が分かりました」

先ほど浪人らは、集められた者らが加治平無十次の眼鏡に適ったと話していた。やはり加治平と一興堂風庵は繋がっており、西江牛窓という年寄りが風庵あるいはその影武者だったのであろう。

と、幹次郎が答えたとき、驚愕の声が上がった。

幹次郎と左吉は植え込みの陰で中腰になり、その方角を見た。

泉水に架かる石橋の中ほどで提灯の灯りが止まっていた。

四人の前に巨漢と思える武芸者が立ち塞がっていた。

(加治平無十次か)

夜廻りの三人が抗弁《こうべん》する言葉が途切れ途切れに幹次郎のもとまで伝わってきた。

「寒さを……凌《しの》いで、おりまして」

巨漢武芸者はただ無言裡《むごんり》に言い訳を聞きつつ立ち塞がっていた。

「われら、夜廻りの途中でござれば」

村越の声が響き、石橋の上で巨漢武芸者の傍らをすれ違おうと前に出た。

その瞬間、巨漢の腰が沈み込むと一気に刃渡り三尺（約九十一センチ）はありそうな豪剣を抜き上げて、村越某の胴を深々と撫で斬り、

ぎええっ！

と絶叫した村越は泉水へと転落していった。

残りの三人は恐怖に立ち竦んだ。が、小者の光吉が提灯を投げ捨てると後ろへと駆け出した。

ふたりの浪人も光吉に続いた。

巨漢武芸者はするすると走りながら、剣を突きの構えにして、背から一人またひとりと串刺しにして水面に振り落とし、最後に光吉に襲いかかって刺突《しとつ》を見舞った。

ああああっ！

と呻く光吉の胸から豪剣の切っ先が突き抜けて見えた。

すいっ

と巨漢武芸者が刀を抜いた。すると光吉がよろよろと石橋を二、三歩歩き泉水へと落下していった。

巨漢武芸者は血ぶりをくれるとそろりと鞘《さや》に刀を納め、幹次郎らが潜む東屋の

背後の植え込みを見た。

幹次郎は、

(あやつ、橋を渡ってこちら岸に来るか)

と覚悟を決めた。

その瞬間、くるりと背を向けた加治平無十次と思える者が母屋のある向こう岸へと戻っていった。

「なんて野郎です、血も涙もねえ武芸者があったものだ」

と左吉が呟き、

「才蔵爺の船に戻りましょうか」

「一刻はとっくに過ぎておろう」

「なあに、待っておりますって」

と左吉がふたたび築山を回って船着場の通用門へと出た。

幹次郎と左吉は江戸の内海が望める岩場に立つと潮風を胸一杯に吸い、吐いた。

ふたりの視界に才蔵の荷船が沖合からゆっくりと接近するのが見えた。

二

正月五日、山谷町の東禅寺で五十間道の引手茶屋相模屋の周左衛門、女将おさわの葬式が行われた。

吉原が仮宅商いの上、沽券売買に絡んで殺されたのだ。経緯が経緯だけに密やかな葬式は致し方ない。それでも番頭の早蔵が相模屋の奉公人に呼びかけたので、七、八人が顔を出した。その中には足田甚吉、おはつの夫婦、小村井村《おむらいむら》の実家に戻っていた相模屋の女衆おしなの姿もあった。

また会所の四郎兵衛、番方の仙右衛門や若い衆、それに幹次郎も汀女を伴い、弔いに出た。

会所の持ち出しで四郎兵衛が仕出し屋に斎《とき》を用意させたので、埋葬が終わったのち、東禅寺の宿坊に参列者一同が集まった。

周左衛門らの死因が殺しだけに、どうしても場は暗くなった。

「番頭さん、おれたちはこれからどうなる」

男衆の春吉《しゅんきち》が早蔵にぼそりと訊いた。

「春さん、私に訊かれても答えようがないよ」

「お嬢さんふたりの行方は分かりませんので」

おしながロを挟んだ。

早蔵が七代目四郎兵衛をちらりと見て、首を横に振り、

「旦那がこんな話に乗らなきゃあ、五十間道でまた顔を合わせることもできたかもしれぬ。だが、こうなってはどうにもなるまい」

と応じた口調は沈んでいた。

「皆の衆の気持ち、この四郎兵衛もよう承知です。会所としては周左衛門さん夫婦を殺害した一味を捕え、なんとしても仇を討ちたい。その上で娘さんふたりを無事に取り戻す所存です」

「頭取、店はどうなるかね」

女衆が訊いた。

「まず会所としては娘さんを奴らの手から無事取り戻す、その折り、騙し取られた沽券も一緒に取り返したい。あとのことは娘さん姉妹と早蔵さんが話し合って決めることだ」

「七代目、引手茶屋は若い娘にできる商いじゃないですよ」

早蔵は姉娘は十九、妹は十七歳だと言った。

「いかにもさようです。だが、会所が今の段階で首を突っ込むわけにはいかないんだ。分かってくれないか、早蔵さん」

力なく早蔵が頷いた。

「頭取、旦那と女将さんを殺した一味の見当はついておられるので」

おしなが訊いた。

「そこにおられる神守様が奴らの隠れ家《が》を突き止めてこられた。相手も大勢おりますゆえ、奉行所との詰めもございます。あれこれと仕度に数日かかりましょうが、一味を一網打尽《いちもうだじん》にしてみせます」

四郎兵衛がきっぱりと言い切った。

「番頭さん、やっぱり店の再建は難しかろうね。うちはこの通り、おはつの腹に子がおる。仮宅から吉原に戻ってくるのはまだ先のことだが、当てがあるのとないのとでは気の持ちようが違う」

甚吉が杯を片手に自問するように呟いた。

「甚吉さんとおれも同じ気持ちだ」

と朋輩のひとりが甚吉に同調した。

「皆の衆、私だって景気のいい返事がしたいさ。だが、番頭とはいえ一奉公人に変わりはない。旦那が仏になった今、無責任にもどうするこうするなんて答えられようもないじゃないか」

早蔵の返答には苛立ちがあった。

「奉公口がなくなろうという話だ、皆の衆の心配は分かる。この四郎兵衛にも確たる約束はなにもできないのは最前申し上げた通りだ。相模屋の娘さんを取り戻すことに全力を挙げる、再建ができるかどうか決まるのはその後の話し合いとしか答えようがない、申し訳ないがな」

こんな会話が繰り返される斎だった。

酒好きの甚吉も酔うほどには呑むこともなく、奉公人も一人ふたりと東禅寺をあとにした。

幹次郎は山門前で仮住まいの浅草橋場の百姓家の納屋に戻ろうとする早蔵に声をかけた。

「当分仮住まいにおられますな」

「神守様、差し当たっての行き先もございません。お嬢さんふたりの無事を確かめるまではわが身の振り方は後回しですよ」

「長くは待たせない」

「頼みます」

早蔵が肩を落として東禅寺から橋場に向かって消えた。

「番頭さん、なんだか急に体が萎《しぼ》んだようだよ」

とおはつが呟き、おしなが頷いた。

「甚吉さん、おはつさん。私、相模屋が新しく建て直されようともう吉原には戻ってこないつもり。最前からの話を聞いていて決心したの」

「おしなさん、なにか仕事の当てがあるのか」

と甚吉が問い、おしなが顔を横に振った。

「おしなさん、嫁入り話でもあったの」

亭主の傍らからおはつが迫り出した腹《せ》に片手を添えながら訊いた。

「後添《のちぞ》いの話が舞い込んでいるのよ。歳も離れているし、こぶ付きでどうしたものかと迷っていたんだけど、まあ、悪い話でもないかと思い直したの」

「相手の人を承知なの」

「三蔵《さんぞう》さんのことは子供のころから知っているわ。私を妹のように思っていたようだし、私も兄さんのように慕《した》ってきたの。先のおかみさんが病で亡くなったときの三蔵さんの態度を見てもさ、悪い人じゃないことだけはたしかなの」

「幼馴染で人柄がいいんなら、きっとうまくいくわ」

「そうかな、おはつさん」

「おしなさん、うちを見てご覧なさいな。だらしなくて頼りない、酒は呑む、気は利かない。どこにもいいところがあるとも思えない」

「凄い言われようだな。おめえもおれに惚《ほ》れて夫婦になったんだろうが」

と甚吉が口を尖らした。

「惚れたとかはれたとかは一時のことよ。私、甚吉さんに神守様ご夫婦という得難い知り合いがおられたから一緒になる決心をしたの。こんな人たちが付いているる甚吉さんだから、なんとか人の道に外れることもなく暮らしていけると思ったの」

「おれは幹やんと姉様のお陰でおめえを嫁にできたのか」

「今まで気がつかなかったの」

おはつに問い返された甚吉が、驚いた、と小さな声で呟いた。

「おしなさん、私たちにとっても相模屋が再建されるかどうかは大事だけど、夫婦して元気でいればなんとか働き口は見つかると思うの、そう思うことにしたの」

おはつが言い切った。

「おはつさんの言葉を聞いて、はっきりと気持ちが固まったわ」

「おめでとう、おしなさん」

大きく頷いたおしなが、

「私、三蔵さんのいる小村井村に戻るわ。祝言を挙げた途端にいきなり七つを頭《かしら》に三人のおっ母《か》さんよ」

おしなが明るく宣言すると、幹次郎と汀女にぺこりと一礼をして、白鬚ノ渡し場に向かって宵闇に姿を没した。

「人が集まるのはいいがよ、ちりぢりに別れていくのはなんとも寂しいな」

「甚吉どの、おしなさんは新しい門出を自ら決められたのです、喜んでおあげなされ」

「姉様はいつも泰然《たいぜん》としておられるな、不思議じゃぞ」

「苦労はさんざし尽くしましたが、幹どのと一緒なればどうということもありませぬ」

「そう抜け抜けと言われると、おれも返答に困る」

と甚吉が苦笑いし、

「よし、おれも姉様を見習い、今年は泰然自若《じじやく》とした暮らしに変えようか」

「甚吉さん、私が産気づいたとき、まず真っ先になにをするんでしたか」

と突然おはつが問うた。

「おはつ、待て。まず産婆を呼びに走るのだ。いや、湯を沸かすのが先だったかな。ううん、なにをするんだったか」

甚吉が腕組みして首を傾げた。

「なにもないときでこれですもの、そのときになったら慌てて騒ぐのがオチです。うちの亭主どのには泰然自若など生涯無縁です、汀女様」

と腹を突き出したおはつが笑い、

「甚吉さん、長屋に戻って古着をほぐしてむつきを作りますよ」

と亭主に命じた。

「姉様、幹やん、そういうわけだ、またな」

甚吉がおはつのあとに従った。

「鍋はしっかりしておるようだが、蓋《ふた》のほうがどうもな」

「いえ、あれでうまくいっておられるのです」

と汀女が甚吉とおはつの背を見送った。

幹次郎の脳裏になぜか五七五が浮かんだ。

春の宵　浴衣《ゆかた》ほぐして　むつきかな

正月七日夕刻七つ（午後四時）過ぎ、幹次郎は四郎兵衛の供で牡丹屋から政吉船頭の猪牙舟に乗った。

今戸橋を出た舟は直ぐに隅田川の流れに乗ってゆったりと下り始めた。

三浦屋の薄墨太夫に一見《いちげん》の客一興堂風庵を紹介したのは、日本橋の魚河岸の老舗伊豆魚の隠居、桐左衛門であった。

直ぐにも会おうと幹次郎は伊豆魚を訪ねてみたが、桐左衛門は正月三日から成《なり》田山新勝寺《たさんしんしょうじ》にお参りに行って六日の夕刻まで帰らないとか。致し方なく待つ日が続いていた。

この朝、四郎兵衛にこのことを報告すると、

「伊豆魚の隠居の桐左衛門様なればよう知った仲にございます。私も参りましょう」

と言い出し、舟が仕度されたのだ。

「神守様、正月の間にいくらか新しく判明したことがございます」

この二日余り顔を合わせることがなかった四郎兵衛が、煙管をくゆらしながら言い出した。

「よい知らせにございますか」

「よい知らせとは言えますまいな」

と煙管を吸い、舟縁《ふなべり》で雁首を、
こつん
と叩いて灰を流れに落とした。

「京町二丁目の町名主喜扇楼正右衛門《きせんろうしょうえもん》さんから知らせが入りました。古い妓楼の祝亀楼《いわきろう》が沽券を売り渡したという話です」

五丁町の一、京町二丁目の真ん中に張見世を持つ祝亀楼は半籬ながら昔からの上客がいて盛業中の妓楼だった。

「とうとう廓内の妓楼が沽券をね」

四郎兵衛が腹立たしそうに言い放った。

「まさか祝亀楼の主になんぞございますまいな」

「会所からの回状のお陰で沽券を渡す折りにはそれなりの注意を払われたようです。出入りの鳶《とび》の頭と人足を何人も仮宅に待機させてのやり取りをなしたとか。ともかく祝亀楼の旦那と女将さんは無事に暖簾を下げることを画策して、し遂《と》げられた」

四郎兵衛の立腹は会所にひと言の断わりもなく見世を売り渡した祝亀楼の主に向けられていた。

「仮宅は山之宿にございましたな」

「今晩にも相手方が仮宅に乗り込んできて、受け渡しをするそうです」

「ついに恐れていた事態が出来しましたな」

「これ一件で終わるとも思えません」

猪牙舟は滑るように両国橋《りょうごくばし》、新大橋《しんおおはし》と潜り、中洲で分かたれた流れから日本橋川に入っていった。

「政吉、猪牙を伊勢町《いせちょう》河岸《がし》に入れてくれないか」

と四郎兵衛が命じた。

「へえっ」

鎧《よろい》ノ渡し船とすれ違うようにして猪牙が江戸橋《えどばし》に向かうと、すでに商いを終えた魚河岸が見えてきた。

「神守様は昔文左今桐左《ぶんざとうざ》といわれる伊豆魚の隠居をご存じか」

「いえ、噂には名を聞いておりますが、未だお目にかかる機会を得ていません」

「二年前、四十になられたときにあっさりと隠居をなされたお方でな、魚河岸の生き神様ですよ」

「生き神様ですか」

「商いも豪儀にして緻密《ちみつ》、上手な方でしたが、また遊びもさっぱりとして綺麗なものです。薄墨とは禿の時分からの付き合いです」

一日千両の小判の雨が降るといわれた日本橋魚河岸は天正十八年の徳川家康関東入部に従い、摂津国西成郡佃村の名主森孫右衛門が漁民三十人余と一緒に江戸に移住したときに始まるといわれる。

孫右衛門は幕府の鮮魚御用を命じられて江戸内海と大川河口の漁業権を得た。

江戸が拡大し、繁栄し始めると魚の需要も増大する。そこで孫右衛門の長男九右衛門《きゆうえもん》は、日本橋小田原町《おだわらちよう》と本船町《ほんふなちよう》の河岸を拝領して魚屋を開き、段々と出店が増えていった。

伊豆魚は元和二年（一六一六）に大和国桜井《やまとのくにさくらい》から出た大和屋助五郎《すけごろう》が本小田《ほんおだ》

原町《わらちよう》に魚商を営み、成功した一族の末裔《まつえい》であった。駿府《すんぷ》の漁師と契約して活鯛《いきたい》場《ば》を設け、城中の祝事の鯛を一手に引き受けて財を成したあとを受け継ぎ、今も本小田原町の角に大きな店を構えていた。

かように代々伊豆魚は幕府の祝事で一度に使う何千匹もの活鯛を扱ってきた魚問屋だ。

九代目桐左衛門は四十になった正月に隠居を宣言して、嫡男《ちやくなん》に商売を譲り、自らはあちらこちらの神社仏閣に参るのを生甲斐《いきがい》としていた。

そんなことを四郎兵衛が幹次郎に告げ終わったとき、政吉船頭の漕ぐ猪牙舟は魚河岸の東の堀を進んで、鉤《かぎ》の手に西へと曲がった。

その右手が伊勢町河岸だ。

猪牙舟が石で組まれた船着場に泊まると、陽気な歌声が河岸道まで響いてきた。

「まだ松の内、桐左衛門様方では新年の宴のようですな」

四郎兵衛が言うと、政吉がしっかりと船着場に固定した舟から石段に跳んだ。

続いて幹次郎も従った。

この日、汀女が若草色《わかくさいろ》の小袖と羽織袴を用意して、

「薄墨様のお顔もございます。松の内でございますれば、これをお召しになって

くだされ」

と仕付け糸を解いて着せてくれたものだ。

腰には藤原兼定を差し落としていた。

伊豆魚の九代目を二年前にあっさりと倅《せがれ》に譲った桐左衛門の屋敷は御城近くにあって二百坪ほどか、ぐるりと石造りの溝《みぞ》と生垣に囲まれて門構えも威風堂々《いふうどうどう》としたものだった。

「御免なされ」

と表口で四郎兵衛が訪いを告げると法被《はっぴ》を着込んだ若い衆が飛び出してきて、

「どちら様にございますか」

「吉原会所の四郎兵衛にございます、桐左衛門様に年賀の挨拶に罷《まか》り越しました」

「おや、これは吉原会所の七代目にございましたか、お見それ申しました」

と奥に取り次ぐと桐左衛門自ら姿を見せて、

「七代目、年賀の挨拶とは痛み入ります」

と洒脱《しゃだつ》にも言葉を返した。

「ご隠居、旧年中はご厚志有難く存じました。本年も宜しくお願い申します」

四郎兵衛が頭を下げると、

「七代目、こちらは隠居の身ですよ。そう頭を下げられると気味が悪い」

と笑った桐左衛門が幹次郎を見て、

「神守様、一度お目にかかりとうございました。吉原炎上に際して薄墨を助けてくれた礼を申し上げたかったのだ」

と笑みの顔を向けた。

どこかで幹次郎のことを聞き知っていたか。

「伊豆魚のご隠居のお噂は数かぎりなく耳にしておりましたが、これまで行き違い、挨拶を申し上げる機を失しておりました。吉原会所に世話になる神守幹次郎にございます、よしなにお付き合いの程《ほど》、お願い申し上げます」

幹次郎も丁重な挨拶を返した。

「七代目と吉原を陰で支える裏同心の神守様が年賀の挨拶にわざわざお出《い》でとは、ちと訝しい。なんぞございますかな、七代目」

「ございます」

「やはりな」

と得心した桐左衛門が、

「伊豆魚の隠宅は七日正月が仕来たりでございましてな、大勢が集まっております。いくらなんでもそちらでは話もできますまい」

表口から横手に延びた廊下を通り、桐左衛門自ら案内していったのは茶室だった。

「ここなればだれにも遠慮はいりませぬ」

茶室の茶釜からは湯気が薄く立ち上っていた。

「耳だけは澄ましておりますで、なんなりとお話しくだされ」

桐左衛門がゆったりとした構えで茶を点《た》て始めた。

「恐縮です」

と四郎兵衛が受けて、

「庄司甚右衛門様が元吉原に遊里を開いて幾度となく危機が吉原を襲うて参りました。その都度、私ども吉原会所は身を挺《てい》してあれやこれやの難儀を切り抜けてきました。じゃが、こたびのこと、今ひとつ判然と致しませぬ」

と前置きして、五十間道の引手茶屋の相模屋を襲った不幸から語り始めた。

その間に桐左衛門は四郎兵衛と幹次郎に見事な手並みで茶を点てて供してくれた。

「頂戴致します」

と四郎兵衛が古備前《こびぜん》の茶碗を手にした。

「吉原を何者かが乗っ取ろうとしておると七代目は考えておられるか」

「確たる証しはございません。じゃが吉原には甚右衛門様以来の不文律《ふぶんりつ》がございます。そのひとつが楼、茶屋の経営は一楼一主のそれにございます」

「それがこたびは乗っ取りを画しておる者がおると申されるのじゃな」

「はい。ついには廓内の京町二丁目の妓楼に手が伸びました」

「四郎兵衛様の懸念、とくと分かりました。じゃが、なぜこの桐左衛門のもとへ参られた、その仔細が分からぬ」

四郎兵衛が幹次郎を促した。

「本正月二日、桐左衛門様は薄墨太夫に一見の客を口添えなされましたな。一興堂風庵と申される風流人に見えるお方にございます」

「おお、野暮は承知でそのような口添えを致しました」

「その一興堂風庵に引手茶屋相模屋といずみ屋の二組の夫婦は殺され、沽券を奪われたと思えるからにございます」

「なんということか」

桐左衛門が絶句した。

三

長い沈黙のあと、伊豆魚の隠居桐左衛門が、

「七代目、その話が真《まこと》なれば詫びのしようもない」

と静かに答え、

「まさかそのような人物とは知る由もなかった」

と迂闊《うかつ》を悔いた。

「ご隠居、だれぞに頼まれましたか」

「そうなのだ」

「だれと教えてはもらえませぬか」

「七代目、おまえさん方に頭を下げなくてはならぬ馬鹿を私はしでかしたようだ。すべてを正直に話さねばなるまい。ただ明日、半日だけ時間をこの伊豆魚にくれまいか。いや、なにかあれこれと策を巡らそうというのではない。私に口利きを頼んだ方に会う時間が欲しい。なぜ、このような口利きを頼んだか、知った上で

七代目、すべてを話しに会所を訪ねる」

昔文左今桐左、といわれた一代の遊び人の頼みだ。

四郎兵衛も無下《むげ》に断わるわけにはいかなかった。

「ご隠居、承知した」

すまない、とふたたび詫びた桐左衛門が、

「この話、薄墨太夫は承知だろうね」

四郎兵衛が頷いた。

「人に煽《おだ》てられ、ついつい遊びの通と勘違いした愚か者であったか。吉原にも薄墨太夫にも顔向けできませんよ」

桐左衛門の悔いの言葉は続いた。

「お待ちします」

茶室から幹次郎が最初に退室し、続いて四郎兵衛が下がった。だが、主人の桐左衛門は独り茶室に残り、なにか物思いに耽《ふけ》る様子があった。

ふたりはその場に主を残して伊豆魚の隠居所を辞去した。

伊勢町河岸では舳先を巡らした政吉の猪牙舟が四郎兵衛らの帰りを静かに待ち受けていた。

風が吹き始め、寒さが忍び寄っていた。

「七代目、早うございましたな」

政吉の言葉にうーむと応じた四郎兵衛が舟に乗り込み、幹次郎が舫い綱を解いて石段を足で蹴《け》って飛び乗った。

心得た政吉が棹を差して舟を出した。

四郎兵衛は腕組みしたまま沈思していた。

猪牙舟は来たときとは反対に堀を東に向かい伊勢町に沿って道浄橋《どうじようばし》を潜ると鉤の手に曲がり日本橋川へと進む。

幹次郎が刀を手にしたのは中之橋《なかのはし》を潜る手前のことだ。

猪牙舟が小さな橋下の闇に舳先を入れ、政吉が腰を屈《かが》めて舟を橋から出した。

そのとき、幹次郎の姿は猪牙舟から消えていた。

幹次郎は独り、伊勢町河岸の一角に豪勢な隠居所を構える伊豆魚の門を見渡せる堀端に戻った。そして、対岸の闇に身を潜めた。

伊豆魚桐左衛門の言葉を四郎兵衛も幹次郎も信じなかったわけではない。信じていたからこそ、桐左衛門の行動を危ぶんだのだ。

堀越しに新春の宴の様子は伝わってきた。

時がゆるゆると進み、寒さがさらに募ってきた。

五つ半を過ぎた頃合か、手締めの音が響いて伊豆魚の門から何十人もの招客がぞろぞろと姿を見せて、伊勢町河岸を左右に分かれて賑やかにも千鳥足で去っていった。

客が去った伊豆魚の隠居所の門が閉じられた。

「神守様」

と声がして小頭の長吉が綿を入れた袖無しを差し出した。

「長屋に立ち寄って参りました」

汀女が長吉に託した袖無しだった。

幹次郎のその夜の形は寒夜に見張りに就く恰好ではなかった。そのことを四郎兵衛が案じて長吉を汀女のもとに向かわせたのだろう。

「助かる」

幹次郎は羽織を脱ぐとその下に袖無しを着込み、ふたたび羽織の袖を通した。

「伊豆魚の隠居、動かれますかねえ」

「さてな」

幹次郎も確信があったわけではない。だが、桐左衛門の気性を知ったとき、桐左衛門がひと晩我慢できるかと思ったのだ。

伊豆魚は幕府開闢《かいびゃく》のときから御魚御用御菜御用の金看板を掲げて日本橋で商売を続けてきた家系だ。

一日千両と称される魚河岸商人の見栄もあったろう。

吉原でも通人を気取り、意気と張りを通してきた男だ。それが迂闊にも吉原に、それも大見世の三浦屋に一見の客を口利きして、失態を演じた。

一興堂風庵は吉原乗っ取りを策して沽券を買い集めているばかりか、引手茶屋の権利を譲った相手を四人も殺害し、ふたりの娘の行方は未だ摑めない。

桐左衛門は三浦屋に対しても薄墨太夫に対しても申し開きができない事態に追い込まれていた。

(あり得るかもしれない)

という不確かな感触で動いた幹次郎だ。

四つ(午後十時)を過ぎた時分、道浄橋から灯りを点した屋根船が姿を見せた。

「伊豆魚の隠居の持船でさあ」

と長吉が幹次郎に告げた。

招客がぞろぞろと門を出た中に桐左衛門の使いも交じっていたのだろうか。

屋根船が石段の船着場に船縁《ふなべり》を接すると、

ぎいっ

と門が開いて桐左衛門の長身が姿を見せた。連れは腰帯に鳶口を差し込んだ偉《い》丈夫《じょうふ》の兄《あに》いふたりだ。

三人が乗り組んだ屋根船は艫から道浄橋へと戻り、鉤の手に曲がったところで舳先を巡らした。

幹次郎と長吉は河岸道の闇から闇を伝って屋根船を追った。中之橋から荒布橋《あらめばし》を潜ると日本橋川に出る。

屋根船は舳先を鎧ノ渡しへと向けた。

刻限も刻限、猪牙舟など見つかりそうにない。屋根船が大川に出るとなると追跡は不可能だ。

「神守様、舟を待たせてございます」

そこは抜かりのない長吉だ。猪牙舟を小網町《こあみちょう》蔵地の闇に用意していた。

ひゅっ

と長吉が指笛を吹くと一艘の猪牙舟がふたりの立つ河岸道に漕ぎ寄せられてきた。船頭は老練な政吉から若い玉三郎《たまさぶろう》へと代わり、会所の金次も同乗していた。

幹次郎は石垣から無灯火の舟へと飛び乗った。

玉三郎が心得て棹で石垣を突き、日本橋川の真ん中へと押し出した。

伊豆魚の隠居の持船は灯火を点して悠然と大川へと下っていた。

屋根船と猪牙舟は二丁（約二百十八メートル）ほど離れていたが、辺りに船影もなく見逃すことはない。ゆったりとした追跡行となった。

小網町三丁目の東に箱崎町《はこざきちょう》埋立地と称する三角地がある。その南辺は日本橋川下流の霊岸島新堀《れいがんじましんぼり》、東の辺は大川端、もう一辺は箱崎町埋立地と蛎殻町《かきがらちょう》の間を新大橋へと向かう堀になっていた。

屋根船はゆっくりと箱崎町埋立地の堀へと曲がり、箱崎町と行徳《ぎょうとく》河岸に架かる崩橋《くずればし》を潜った。

玉三郎はすでに櫓に替えていたが、船足を上げた。

屋根船は次の永久橋《えいきゅうばし》の手前を悠然と進んでいた。

「まさか三浦屋の仮宅ということはありますまいな」

「薄墨太夫に会いに行かれると小頭は申されるか」

「四つは過ぎておりますが、仮宅商い、三浦屋はまだやっておりますよ」

長吉の言葉だったが、

「薄墨太夫に会いに行かれるのに屈強な兄いを連れていくこともございますまい」

「そう申されればその通りだが」

長吉が首肯したとき、屋根船は大川との合流部へと進んでいた。

屋根船の左手は大名屋敷が並ぶ武家地だ。播磨姫路《はりまひめじ》藩十五万石酒井《さかい》家、丹後田辺《たんごたなべ》藩三万五千石牧野《まきの》家、若狭小浜《わかさおばま》藩十万三千石酒井家などの拝領屋敷が門を連ねる一帯だ。

右手は大川右岸に残る中洲で本流と箱崎町埋立地の堀とを分かっていた。

緩く蛇行して河口へ向かう大川にはこのような中洲が何か所か残っていて、密会する男女を乗せた屋根船の溜まり場になっていた。

新大橋を眺める中洲はかなり広大で、枯れ葦《あし》の間にいくつも水路が複雑に延びて、老練な船頭でなければ船を入れることはできなかった。

伊豆魚の持船は中洲の水路に舳先を突っ込んで姿を没しようとしていた。

玉三郎はそれを確かめると、屋根船が入り込んだ水路の一本手前の狭い水路に猪牙舟を入れた。舟の左右から枯れ葦が差しかかり、視界を塞いだ。

舳先に乗る金次が葦を分けて猪牙舟は一丁（約百九メートル）ばかり進んで、

中洲の中の池に不意に出た。

幹次郎は伊豆魚の隠居の持船がひっそりと池の向こう岸の枯れ葦の前に停泊しているのを見た。

猪牙舟からおよそ半丁（約五十五メートル）離れていた。

「さて、伊豆魚の隠居、だれを呼び出したか」

長吉が呟いた。

「長い夜になりそうだな」

幹次郎は覚悟した。

中洲の真ん中にいるせいで川風は避けられた。その分、舟でじっと待つ身には有難い。

夏なれば池のあちらこちらには屋根船が舫われて、男女の忍び逢《あ》いが繰り広げられていたかもしれない。だが、季節は春とはいえ、まだ寒さが遠のいたわけではない。

池にひっそりと停泊しているのは伊豆魚の屋根船と牡丹屋の猪牙舟だけだ。

本石町《ほんこくちょう》の時鐘が夜半九つを、夜の無言に告げた。

中洲の池に第三の船影は見えなかった。

さらに半刻（一時間）が過ぎ、ついには八つ（午前二時）の時鐘が響いてきた。

気温が一段と下がった。

屋根船には障子が立て回され、火鉢が用意されているように思えた。だが、猪牙舟の四人は外気の中に耐えるしかない。

ぎいっ

と櫓の音が響いて大名家の持船と思える屋形船が池に姿を見せた。

伊豆魚の屋根船の障子が開かれ、桐左衛門が顔を覗かせた。

屋形船が屋根船と並行するように泊まった。

「総裁《そうさい》、この桐左衛門をようも虚仮《こけ》にされましたな」

と桐左衛門の怒りを呑んだ声が猪牙舟にも伝わってきた。

屋形船から応答はない。

「武家方には武家方の決まりごとがございますように、われら町人にも決してないがしろにしてはならぬ仕来たりがございます。まして御免色里の吉原は果敢無《はかな》い一夜の恋の道具立ての場所ゆえに厳しい取り決めがございます。この伊豆魚桐左衛門、長年のお付き合いゆえ、総裁の頼みを聞き入れました」

屋形船は無言を続けていた。

「なんと一興堂風庵と申す御仁、風流人どころか血に飢えた悪人と申すではございませぬか。仮宅の最中の吉原の妓楼、引手茶屋があちらこちらに散っておるのをよいことに、沽券を集め、吉原を乗っ取ろうとする企みを持つ御仁と聞かされました。総裁、ようもそのような人物を三浦屋に口利きせよと頼まれましたな。この桐左衛門の面目を潰し、吉原に顔向けできぬような所業をなしてくれましたな」

桐左衛門の呪詛《じゅそ》のような怒りの言葉が長々と繰り返されたが、沈黙は続いていた。

「庵原実左衛門《いはらじつざえもん》様、伊豆魚のこの穢《けが》された面、どう贖《あがの》うてくれますな」

桐左衛門の舌鋒《ぜっぽう》がさらに鋭く響いた。

幹次郎は玉三郎に、猪牙舟を屋形船へ接近させよと無言裡に合図した。心得た玉三郎が棹を使い、静かにも池を突っ切ろうとした。

「ふっふっふ」

笑いが大川中洲の葦原に響いた。

「そなたは」

屋形船の障子が開かれた。

「伊豆魚桐左衛門とやら、そなたの死に場所はここじゃぞ」

「なんですって」

桐左衛門の両脇から鳶口を構えた兄いふたりが姿を見せた。

幹次郎は羽織を脱ぎ棄《す》て、股立《ももだ》ちを取って仕度を終えていた。

屋形船の障子を突き破り突然短槍が突き出されて、ひとりの兄いの腹部を刺して突き転ばした。

「や、やりやがったな！」

そのとき、猪牙舟は屋形船の数間（四〜五メートル）手前に迫っていた。

「そなたらの所業、許せぬ！」

この言葉と共に幹次郎は猪牙舟から屋形船の屋根へと跳んでいた。片膝をついた構えから虚空に高々と飛翔するのは、薩摩示現流の稽古で培《つちか》った強い足腰があればこそだ。

どーん
と屋形船の屋根を揺らして幹次郎が降り立った。

「何奴か！」

屋形船の舳先に鉢巻に襷《たすき》掛けの喧嘩《けんか》仕度の武芸者が姿を見せた。その手には短槍を構えている。

幹次郎は咄嗟に屋根を走って舳先に突進していた。

その直後、槍の穂先が星明かりに屋形船の屋根を突き破って幹次郎の飛び下りた辺りに見えた。

幹次郎はすでに藤原兼定を構えて舳先の武芸者に襲いかかっていた。

槍が突き出された。

幹次郎の体は虚空に高々と舞い上がって穂先を躱《かわ》した。

「南無三《なむさん》」

槍を手元に引き戻そうとした相手の肩口を幹次郎の足が蹴りつけ、片手斬りの示現流の強打が相手の脳天へと吸い込まれていた。

ぐしゃ
鈍《にぶ》い音が響くと短槍を構えた相手の体が船から池へと落ち、幹次郎は舳先に着地した。

くるり
と振り向いた幹次郎に屋形船から二番手の武芸者が斬りかかってきた。

幹次郎は上体を捻って躱すと片手の兼定を相手の胴に送っていた。

屋形船には伊豆魚の桐左衛門の口を塞ぐためか十数人の刺客が乗っていたが、船戦《ふないくさ》だ。多勢が有利に働くとはかぎらなかった。

一瞬、息を整え終えた幹次郎は、屋形船の障子を蹴り破ると混乱の船内へと飛び込んで、床に片膝をついた。

玉三郎船頭が屋形船の横腹に猪牙舟の舳先を突っ込ませたのはその瞬間だ。

屋形船が大きく揺れた。

屋根船の桐左衛門は、槍の穂先で腹を突かれた鳶の兄いを介抱しながら、屋形船の戦いを見ていた。

船の灯りが揺れて人影が次々にのけぞったり倒れたりする影絵芝居の中で低い姿勢で舳先から艫へと進むひとつの人影があった。

「ぎえっ」

「ああっ」

狭い屋形船の中で膝行《しっこう》しながら鋭くも小さく剣を遣う影が移動するごとに、次々に血飛沫《しぶき》が障子に、
ぱあっ、ぱあっ
と散った。そして、斬られた武芸者が障子を破って池に転がり落ちていった。

孤影《こえい》が屋形船の真ん中まで進んだとき、蹴り倒された行灯の灯りが船中に広がり、燃え上がった。すると膝行する影がいきなり屋形船から身を翻して桐左衛門の屋根船へと飛び移ってきた。そして、船頭に、

「屋形船から離れさせよ」

と命じた。

なんとそれは吉原会所の裏同心神守幹次郎ではないか。

「へっ、へい」

と船頭が絡み合うように停船していた屋根船を後退させた。

猪牙舟も同時に燃え上がる屋形船から間合を取って離れた。

屋形船から大きな炎が上がったのはその瞬間だ。もはや消すことなど叶わないのはだれの目にも明らかだった。

幹次郎の攻撃を免《まぬか》れた武芸者らが池の中に飛び込んでいくのが炎に浮かんだ。

「桐左衛門様、若い衆の槍傷はいかがにございますな」

と幹次郎が槍で突かれた兄いの怪我を案じた。

「腹でございます、命には別状ないかと」

「ならば引き上げましょうか」

「あの屋形船は」

「放っておきなされ、桐左衛門様が会おうとなされた御仁は乗ってはおりませぬ」

と幹次郎が言い切った。

屋根船と猪牙舟は大川右岸の中洲の葦原が大きく燃え上がる前にその場を離れていた。

「伊豆魚のご隠居、総裁とは、庵原実左衛門とは何者ですか」

ふうっ
と大きな息をひとつ吐いた桐左衛門が、

「彦根《ひこね》藩井伊《いい》家武芸館《ぶげいかん》総裁にございます」

「井伊様の重臣でしたか」

幹次郎は藤原兼定の刃の血糊《ちのり》を懐紙で拭うと鞘に納めた。

## 四

翌朝、新しく建て直された左兵衛《さへえ》長屋で幹次郎が目を覚ましたとき、障子の外から明るい光が差し込んでいた。光の差し込む具合から昼に近い刻限と思われた。

ふわっ
と煙草の煙が流れてもそもそと動く気配がした。

「幹やん、起きたか」

幹次郎が顔を声のするほうに向けた。すると寝床のある畳間と板間の境に立つ柱を背に甚吉が憮然《ぶぜん》と座して、煙草を吹かしていた。

「そなた、いつ参った」

「最前からおるぞ」

「姉様はおらぬのか」

甚吉はそれには答えず、

「このところまともに長屋で寝てないそうじゃな。幹やん、会所の御用がいくら大事とて体あっての物種だぞ。そなたもいつまでも若《わこ》うはない」

と幹次郎の身を気遣った。

夜具を剝いで起き上がった幹次郎は、

「いかにもさようじゃ」

と素直に甚吉の忠言を聞いた。

「そなた、仕事はよいのか」

「今日は遅番でな、それで幹やんのところに立ち寄った」

戸が開き、洗濯でもしていたか、手を濡《ぬ》らした汀女が土間に立った。

「おや、起きておいででしたか。今、茶を淹《い》れます」

「甚吉が枕元に頑張っているんじゃ、安穏《あんのん》と寝てもおられまい」

と幹次郎が言い、甚吉が、

「おや、半刻も前からおるおれが起こしたというか。幹やんはその間高鼾で眠り込んでいたぞ」

「やはり疲れが出ておるのかな」

「そうに決まっておるわ」

と甚吉が言い、火鉢に煙管の灰を落とした。

「甚吉、なにか心配ごとか。相模屋のことならば弔いの席で言うた通りじゃぞ。今の山口巴屋の仕事を全うせえ、その先のことはあとで考えようではないか」

「そうではない」

「なんだ」

「おはつがな、相模屋の旦那と女将さんの葬式に顔を出さねば義理を欠く者がひとり来ていなかったと言い出したのだ」

「皆、今を生きるのに必死だ。仕方なかろう」

と幹次郎が答え、汀女がどなたです、と訊いた。

「姉様、男衆の吉之助《きちのすけ》だ」

「いたか、そのような人物」

「帳付けが達者でよ、いつも帳場の片隅でひっそり帳簿とにらめっこしているような若い衆だ。表に出ることは少ない人だったからな、幹やんの記憶にあるまい。ともかく影が薄い。ところが周左衛門の旦那の信頼は絶大でな、金銭の出し入れをすべて吉さんに任せていたくらいだ」

幹次郎は記憶を辿《たど》ってみた。が、吉之助の風貌どころか存在自体思い浮かばなかった。

「なんでも女将さんの遠縁とかでな、旦那方はゆくゆくは姉娘のおこうさんと一緒にして相模屋を継がせようと考えておられたんではないかね」

「そのようなお人がいるならば、なぜ周左衛門どのは茶屋の沽券を売られたかのう」

「幹やん、ちょいと話が入り組んでおる。吉原から火が出て大門の外まで焼失するような大火事になった夜、吉之助さんは旦那の御用でどこぞに使いに出ていたんだ。だから火事の夜は江戸にいなかったんだ」

「江戸を不在にするとは在所に使いか」

そうだ、と頷いた甚吉が煙管に刻みを詰めた。

「甚吉、吸い過ぎだぞ」

幹次郎が注意した。

「気が散らないように吸うんだ。幹やん、少し黙っておれの話を聞け」

と言った甚吉が詰めた刻みに火鉢の火を点《つ》けた。

ふうっ

と一服した甚吉が、

「幹やん、おれたちが火事で追い出されて何日が過ぎた」

「十一月九日の未明のことだ。あれからおよそふた月か」

「どこへ使いにやらされたか知らぬが、まだ戻ってこぬ」

「風の噂に吉原炎上を聞いて戻らぬ決心をしたか」

「冷たいではないか。旦那も女将さんもおこうさんと一緒にして後継ぎとまで考えられた者だぞ」

「まあ、吉之助さんのほうにそれなりの理由があるのではないか」

甚吉は煙管を口に咥《くわ》えて吸いかけたが思い直したように外し、その煙管を幹次郎に突きつけて、

「おはつが昨日の夕方、腹を突き出して三ノ輪《みのわ》の知り合いに古着をもらいに行ったと思え。古着をほぐしてむつきにするのだ」

「準備おさおさ怠《おこた》りないな」

「話を散らかすなと言ったぞ。どこまで話したか忘れたではないか」

「しっかりせえ。おはつさんが三ノ輪に行ったところまでだ」

茶を淹れた汀女がふたりの傍に座した。甚吉の話を聞く気だ。

「そこだ。千住宿の橋際で、おはつが吉之助を見かけたのだと」

「ほう、旅から戻ってきたところか」

「違う違う。おはつの目には江戸に舞い戻ってだいぶ経つような様子が見られたというのだ」

「おはつさんは声をかけたろうな」

「むろん吉之助さんの袖を摑んで一気に火事の話から旦那夫婦が殺された話まで捲し立てたそうな。すると、吉之助め、どこか冷めた顔つきで迷惑そうに、おは

つさん、吉原焼失の件も相模屋のことも知らないわけではないが、私にはもうどうすることもできないと答えると、袖を摑むおはつの手を払いのけて下谷のほうに去っていったそうだ」

「人情紙のごとしか」

「呑気《のんき》なことを言うな。相模屋の苦衷《くちゅう》を知っていたら一番に働かなきゃあならないのが吉之助だぞ」

「そうですね、早蔵さんの力になってあげられる立場ですものね」

「姉様、そういうことだ。それにおこうさんのこともある」

「甚吉、どうしろというのだ」

「吉之助の行方を突き止めて相模屋の再建に力を貸せと説得せえ」

「吉之助は、どこに住んでおるのだ」

「知るものか。それを探り出すのが幹やん、会所の裏同心と呼ばれる者の務めだろうが」

「ふむ」

「なんだ、頼りないな。幹やんが目を覚ますのを待って損をした」

甚吉はそそくさと煙管を煙草入れに仕舞うと、ごそごそと板の間に這《は》っていっ土間に下りると長屋から出ていった。

「甚吉は土間に下りる前に幹次郎と汀女のほうを振り向いてひと睨みし、

「姉様、茶などこの際、どうでもよいわ」

「甚吉どの、茶が淹れてありますぞ」

た。

「甚吉を怒らせたか」

「甚吉さんの気持ちも分からないではございませんが、今の幹どのは余りにも多忙にございます、致し方ございますまい」

幼馴染に不快な思いをさせたことを後悔しながら幹次郎はのろのろと床から立ち上がり、井戸端に顔を洗いに行った。

半刻後、幹次郎の姿は元吉町の久平次長屋にあった。

昼を過ぎた刻限だ。

井戸端に女衆が集まっていた。その中に大きなお腹《なか》を抱えたおはつの姿もあった。

「おはつさん」

幹次郎の声におはつが、

「おや、神守様、うちのが長屋を訪ねませんでしたか」

「そのことでおはつさんに確かめたくて参った」

頷いたおはつが、よっこらしょ、と自らに声を発して立ち上がり、幹次郎の立つ木戸口にやってきた。

「吉之助さんの一件ですね」

「千住宿で会ったそうだな」

「会いました」

「吉原が燃えたことも相模屋が苦労しておることも知りながら、なぜ吉之助は顔も出さぬのかのう」

おはつは、ちらりと井戸端を窺い、視線を元に戻すと、

「なぜ相模屋の旦那は沽券を他人に売るような真似をしなさったのだろうと、今になって思うのです」

「火事で丸焼けになったからな」

「それでも沽券状は持ち出された。私は内証のことは一切知りませんが、沽券を売るほど相模屋が逼迫《ひっぱく》していたなんて思えないんです」

幹次郎は火事の直後、相模屋の仮住まいを訪ねたときのことを思い浮かべていた。橋場町の百姓家の納屋に相模屋一家と番頭の早蔵が移り住んでいた。あのとき、早蔵は相模屋の再建が難しいようなことを幹次郎に漏らさなかったか。

妓楼なれば廓外で仮宅商いの手もある。また、山口巴屋のように財力と才覚のある茶屋は廓外での商いも考えられた。だが、大半の引手茶屋はどこもが奉公人を一時解雇し、じっと吉原再建を待つ日々で日銭も入らず、

「商いどころか生計《たつき》も立つまい」

と幹次郎は思ったのだった。

「神守様、相模屋は廓内の引手茶屋ではございません。ですが、客筋はそう悪くはございませんでした。火事で燃えたくらいで再建ができないなんて、私、不思議なんです」

おはつは火事のあとのことに言及しているのではなかった、それ以前の相模屋の商売を言っていた。

「じゃが、周左衛門どのは奉公人のだれひとりにも相談せず、虎の子の沽券を怪しげな連中に売り渡そうとして殺される羽目に墜《お》ちた」

「神守様、沽券を持ち出す余裕があったんです。なぜ貯め込んだ金子を持ち出せなかったんです」

「貯め込んでおられたか」

「旦那の懐具合を詮索《せんさく》するのは下卑《げび》た真似と分かっていますが、相模屋に七百両や八百両の金子があったって不思議じゃあございませんよ。いえ、旦那と女将さんの弔いの席で朋輩と話し合ったんです、だれもが同じ考えでしたよ」

「おかしいな」

おはつが幹次郎を見た。

「旦那にも女将さんにも格別道楽はありませんでした。娘のおこうさんとおさんふたりにも地味な形をさせておいでした。先々代も先代も手堅い商売と聞いております」

「やはりおかしい」

頷いたおはつだったが、それ以上のことは知らない様子だった。

「ちと考えさせてくれと甚吉に伝えてくれ」

おはつにそう言い残した幹次郎は、さらに橋場の相模屋の仮住まいを訪ねた。

すると番頭の早蔵が納屋前の日差しの当たる庭に筵を敷き、文机《ふづくえ》を持ち出して帳簿になにか記していた。

「番頭さん、書きものか」

幹次郎の声に顔を上げた早蔵が、

「暇潰しに、相模屋に奉公に上がった時分からの記憶を辿って記しておこうと思い立ちましてね」

と薄い笑いを浮かべた。

「ちと尋ねたいことがあって参った」

幹次郎は筵の上に座る早蔵の前に切り株があるのを見て、刀を外して腰を下ろした。それでふたりは対面するような恰好になった。

「お嬢様の行方はまだ摑めませんか」

早蔵が帳面を閉じた。すると表紙に、

「吉原五十間道引手茶屋相模屋奉公徒然草《つれづれぐさ》」

とあった。

「奉公人吉之助のことを訊きに参った」

「吉之助」

早蔵がぽつんと漏らした。

「それがし、そのような奉公人が相模屋にいたことすら知らなかった」

と前置きして甚吉が長屋を訪ねてきて話していったこと、おはつに聞いたことなどを告げた。

「なんと吉之助が江戸に戻っておりましたか」

早蔵の顔に驚きの表情が走った。

「まず吉之助の出から聞こう。女将さんの遠縁というが、たしかか」

早蔵が頷き、

「女将さんの在所は東海道小田原《おだわら》城下から海沿いに入った相州《そうしゅう》境の足柄下郡《あしがらしもごおり》岩《いわ》村《むら》にございましてね、吉之助も女将さんを頼って江戸に出て、相模屋に奉公し始めたんですよ。力仕事より帳付けなんぞが上手でしてね、旦那と私が話し合って帳場を任せることにしたんです。内証のことは私より吉之助が詳しかったと思います」

頷いた幹次郎は話を転じた。

「おはつさんの推量ゆえ当たっているかどうかは知らぬ。そのつもりで聞いてくれ」

「どうぞなんでも訊いてくださいな、時間だけはたっぷりと持っていますでな」

「相模屋の内証は悪くはない、七、八百両の蓄財《ちくざい》があったとしても不思議ではない。沽券状を売るほど追い詰められていたのが解《げ》せないというのだ」

「ふうっ」

と早蔵が溜息を吐いた。

「だれも思うことは一緒ですな」

「だれぞに言われたか」

「火事のあと、奉公人の何人かは仮住まいのここに旦那を訪ねてきて、当座の銭をどうにかならないかと相談していきました。そのときの旦那の答えはにべもないもので、うちの暮らしすらどうにもならない、ともかく吉原再開を待ての一点張りでした」

「早蔵さん、そなたはどう思う」

「相模屋に蓄えがあったかどうかということですか」

「いかにもさようだ」

早蔵はしばし視線を虚空に預けた。そして、そのまま、

「私もおかしくは思うてます」

と言い切った。視線を幹次郎に向け直した早蔵が、

「だれもが火事で焼け出された当座は気が動転したり狼狽《ろうばい》したりで、次の暮らしや商いなど考えられぬものです。ですが、江戸で暮らす者ならば火事で焼け出される不幸を生涯のうち一度や二度は覚悟するものでしてね、焼け出されたあとのことを考えて床下に石造りの蔵を造って水を張っておき、火が出たら銭箱をはじめ、大事な書付なんぞを投げ込んで被害を最小限度に止《とど》める努力をする、これは商売人なれば当たり前の心得です」

「相模屋も火が入ってもいいように床下の蔵を持っておられた」

「はい」

と答えた早蔵は、

「大門の外に火が走ったとき、旦那は風呂敷に沽券、帳簿、書付なんぞを一緒に包み込んで背負われ、奉公人と一緒に浅草田圃を通って浅草寺境内まで逃げられた」

「蓄財の金子は持参されなかったか」

「当座の金の出し入れは分かりますが、番頭といえども先祖からの蓄財がいくら、どこに隠してあるのかまでは存じません。あのとき、旦那は書付しか持参されておられなかった」

「代々貯めてこられた金子は蔵に保管されてあったのであろうか」

妓楼の多くが床下の石蔵に千両箱を蓄えて土をかけて避難し、火が消えたあとに掘り出していた事実を幹次郎も多く見聞きしていた。

「いえ、この仮住まいに落ち着いてもそのような行動を旦那が取られた様子がないのです」

「では、他の場所に保管しておられたか」

「長年奉公してきた私にも思いつくところがございません」

「相模屋の内証は悪くはなかったと、おはつさんは言うのだがな」

「仰る通りに地道な商いでございましたし、客筋も悪くはございません」

「では、周左衛門どのはなにを考えておられたか」

「旦那はこの家に引っ越してきて、だれかが訪ねてくるのを待ち侘《わ》びておられました。文を何通か書かれて、自ら飛脚屋に足を運んで出された様子も見かけられました」

「その待ち人だが、番頭どのには見当がつかぬか」

首を横に振りかけた早蔵は動きを止めた。

「もしその人物が吉之助なればどうなるかな」

早蔵は身動きひとつせずに考え込み、

「旦那は、隠居することを考えておられたか」

と呟いた。

「相模屋を売り立てるつもりであったと申されるか」

「いえ、吉之助とおこうさんに店を譲り、夫婦で女将さんの在所に引っ込むことを考えておられたのではないでしょうか」

「あの火事の夜、吉之助が江戸を離れていたのは相模足柄郡岩村と申されるか」

「この一年も前から吉之助を三月《みつき》に一度の割で岩村に戻らせていたのはたしかなことです。吉之助のおっ母さんが病に臥《ふ》せっておるゆえ見舞いに行かせるのだという女将さんの言葉を信じておりましたがな。ひょっとしたら、それは方便、吉之助は旦那方の命で在所に引っ込む仕度をしていたのではないでしょうか。吉之助が岩村に行く度に蓄財した金子を小分けにして運んだとしたら、あの火事の折り、相模屋に大した金子が残っていなかったのは当然のことです」

「再建の費用に一旦吉之助が相模屋から持ち出した金子を頼りにしようと思ったが、いくら吉之助に文を出しても応答がない」

「そこで悲観した旦那は沽券を売るような真似をなされた」

「辻褄《つじつま》は合うな」

「どうしたもので、神守様」

「吉之助の行方を突き止めることでしか真相究明はなるまいな」

早蔵が、がばっと正座して、

「神守様、七代目になんとしても吉之助の行方を追ってくださいと願ってくれませんか」

と頭を筵に擦《こす》りつけた。

# 第四章　小太刀居合

## 一

幹次郎は馬喰町の虎次親方が主の煮売り酒場に、身代わりの左吉を訪ねた。

相模屋の番頭の早蔵が独り残る仮住まいから牡丹屋に戻ると四郎兵衛に、甚吉が持ち込んだ吉之助の情報《はなし》とその後の探索結果を報告した。

「なんとそのようなことが相模屋の沽券譲渡の背後にございましたか」

と驚きの様子を見せた四郎兵衛が、

「こやつの行方も追いたいのは山々だが、ただ今の会所に余力はございませんな」

と思案した。

「七代目、彦根藩武芸館総裁庵原実左衛門についてなにごとか分かりましたか」

幹次郎も四郎兵衛の苦衷を承知していたから、吉之助のことは一旦置いて話題を転じた。

幹次郎と長吉から伊豆魚の隠居の桐左衛門が襲撃を受けたことを聞き知った四郎兵衛は、会所の総力を挙げて庵原実左衛門の行方を追っていた。

伊豆魚の隠居桐左衛門によってその家臣の名を挙げられた彦根藩井伊家十二代直幸《なおひで》は、昨年まで大老の地位にあり田沼派の残党のひとりと目されていた。

田沼意次《おきつぐ》一派と吉原は莫大な利権を巡ってこれまでも数々の暗闘を繰り返してきた。だが、田沼意次、意知《おきとも》親子が失脚し、松平定信が改革に乗り出した直後、吉原は定信と密なる連携を取ることで合意していた。

一方、幕閣の間では田沼派の残党が田沼復権の動きを見せていた。

そんな中で起こった吉原の妓楼、引手茶屋の沽券集め騒ぎだった。この吉原乗っ取りを策したと思える沽券集めの背後に、

「井伊家」

の存在があるとしたら、騒ぎの意味がより鮮明に見えてくる。

「彦根藩が家臣団の武芸向上を目的に武芸館を創立し、初代総裁に庵原実左衛門

様を選んだのはつい数年前のことにございますそうな。庵原様は数年前まで江戸屋敷に奉公をされており桐左衛門と昵懇の付き合いがあったようですが、彦根藩武芸館総裁に命じられたのち、国許で武芸館の立ち上げに奔走されて、多忙な日々にあった由にございます。こたび、庵原様が江戸に出て参られたのは、江戸藩邸にも武芸館を設けて、江戸勤番の家臣にも武芸向上を策する目的があってのことにございますそうな」

「江戸藩邸に武芸館設立のために上府《じょうふ》なされた庵原様が沽券集めの背後に控えておられると見てようございますか」

「まだその辺がはっきりしたとは言えません。江戸の武芸館は井伊家の中《なか》屋敷内に設けられたようですが、なにしろ御三家紀伊様の上屋敷と隣接した井伊家のこと、なかなか警備も厳しく番方らの探索も進んでおらぬのが実情です」

と四郎兵衛が困惑の表情をしたとき、牡丹屋に左吉の使いが来て虎次親方の店にお出でくださいとの言づけを寄越したのだ。

使いは小僧の竹松ではなく見知らぬ辻駕籠だった。

幹次郎は四郎兵衛と相談すると今戸橋を出て馬喰町に急行した。

左吉の使いの駕籠屋は、

「いつ何刻」

ということは命じられていなかった。

ただ顔見知りの左吉に内藤新宿で偶然にも会い、今戸橋の船宿に設けられた吉原会所の神守幹次郎へ言づけを頼まれたというのだ。

幹次郎は左吉が刻限を告げなかったのは、

「未だ探索中で告げられなかった」

のだと理解した。

江戸の町に長いあいだ雨を見ない日々が続いていた。そのせいで昼下がりの馬喰町に乾いた馬糞《ばふん》が舞い上がり、空を黄色に染めていた。

往来する人々は手拭いで口を覆い、顔を伏せて急ぎ足で行く。

幹次郎も最前から手拭いで口を覆って馬糞を避けていた。

「一膳めし酒肴」

の旗幟が風に靡《なび》く間口二間ほどの店に立った幹次郎は、

「御免」

と手拭いを覆った口で声をかけると縄暖簾を片手で押し開いて身を入れた。

「おや、神守様だ」

と小僧の竹松が嬉しそうな顔をした。幹次郎は手拭いを口から取ると、
ふうっ
と息を吸った。
「神守様、もう一度外へ出てさ、着物を叩《はた》いてきてくださいな。そのまま入って
こられると店じゅうが馬糞臭くなっちまうんですよ」
と竹松が注意した。
昼下がりのこと、客はだれもいなかった。左吉の定席も無人であった。
「おおっ、これは迂闊であった」
幹次郎は今一度店の外に出て手拭いで小袖と袴をばたばたと叩いて、馬糞混じ
りの塵《ちり》を落とし、改めて縄暖簾を潜り直した。
「竹松さん、左吉どのは姿を見せておられぬようだな」
「このところ何日も店には無沙汰ですよ」
「内藤新宿からこちらで会いたいと使いをもらったのだ」
「ならばそのうちお見えになりますって」
幹次郎は豊後岡城下を出たときに腰に帯びていた無銘の長剣刃渡り二尺七寸
(約八十二センチ)を外すと、左吉の卓に座した。むろん左吉の席は空けてのこ

とだ。

虎次の店にそこはかとなく梅の香りが漂っていた。

店の小上がりの隅に樽《たる》が置かれて白梅が活《い》けられていた。

「風流じゃな」

「酒と肴を売るだけの店じゃございませんからな」

と奥から捩り鉢巻の虎次親方が姿を見せて胸を張った。片手に盆を持って茶碗を載せていた。

「酒の刻限には早うございましょう」

「左吉さんに呼ばれてきたのだ。こちらは御用を頼んである身、ただ今のところ酒は遠慮しよう」

虎次が盆ごと茶碗を卓の上に置いた。

「下尾久《しもおぐ》村に荷を運んでいった馬方の新公《しん》が、梅林を切り倒して隠居所を普請するという屋敷の前を通りかかり、要らないのならばもらえないかと掛け合ってさ、馬の鞍《くら》に梅の枝をてんこ盛りに積んできたんでさ。馬方はふだん世話になるお店なんぞに配ったそうでね、その余りがうちにも来たってわけだ」

「余りであろうと残りであろうと梅には変わりないでな、心が和《なご》む」

幹次郎は薄暗い小上がりの一角にぼうっと浮かぶ白梅に、しばし眼差《まなざ》しを預けた。

捨梅が　煮売り酒場に　春はこぶ

五七五が幹次郎の頭に浮かんだ。

虎次親方が淹れた茶を喫しながら左吉が現われるのを待った。だが、左吉はなかなか姿を見せようとはしない。

いつしか仕事を終えた職人衆や馬方が姿を見せて、白梅の香る酒場で一日の疲れを癒す夕暮れになった。

「神守様、身代わりの旦那、遅いですね」

と客の注文をこなしながら竹松が幹次郎のことを気にした。

「左吉どのはいつ何刻とは申されなかったようだ。致し方あるまい、もうしばらく待ってみよう」

幹次郎だけが酒も飯も注文することなく左吉の定席を占領していた。だが、客の大半は馴染の者ばかり、幹次郎の前の空き席に座る者はいなかった。

五つ（午後八時）前の刻限か、ふらりと黒地の着流しの浪人が虎次親方の店に入ってきて見回した。江戸暮らしの浪人か、瘦身総髪の身はこざっぱりとしていた。黒地と見えた小袖は網目模様の小紋で凝っていた。細身の造りで刃渡りも一尺八、九寸（約五十五〜五十八センチ）か。小太刀と呼んでもいい拵えだった。

渋い朱鞘《しゅざや》の剣を一本だけ落とし差しにしていた。

「お客さん、生憎《あいにく》で御免なさいよ。満席なんです、またにしてくださいな」

と竹松が一見の客と思える浪人に断わった。

だが、浪人は無言の裡《うち》に左吉の席に歩み寄ると、朱鞘の刀を差したまま空樽の腰掛に座した。

「そこは」

と言いかけた竹松を幹次郎が目で制した。なんとなく瘦身から殺気立った危険な匂いを醸し出していたからだ。

「酒」

と注文した浪人は、

「小僧、五合枡《ます》でくれ」

と言い足した。

「へえ」

竹松が致し方ないという顔で台所に姿を消した。

幹次郎は小さな卓に向かい合った相手に会釈した。だが、相手は幹次郎に一瞥《いちべつ》をくれただけで、一揖《いちゆう》すらしなかった。

年のころは四十前後か、頬が殺《そ》げているのが痩身の浪人の風貌を殺伐とさせていた。

竹松が枡酒をそっと運んできた。

「お客さん」

竹松がそっと枡を客の前に置いた。

「肴《さかな》はどうします」

なにも答えることなく左手で枡を摑んだ。そして、すいっと口に持っていくと、ごくりごくり
と喉を鳴らして呑み干した。一気という様子はない、だが、枡の酒は綺麗に消えていた。

「驚いた」

と小僧の竹松が呟いた。

「小僧、もうひとつくれ。塩を添えよ」

空の枡を竹松に突き出した。

「はっ、はい」

竹松が慌てて台所に飛んで消えた。

「お見事な呑みっぷりにございますな」

幹次郎も思わず声をかけた。

ふたたびじろりと一瞥をくれた相手が、

「酒を呑むときに口出し致すな」

「失礼仕《つかまつ》りました」

幹次郎は眼前の相手から視線を別の卓に移した。

酒を待つ浪人が空樽に落ち着けた尻を動かし、浅く腰かけ直し、両足に重心を移した。極《ご》自然な動きに見えた。

幹次郎はそのとき、卓の下で無銘の剣を股《また》の間に少し寝かせ気味に横たえていた。

「お待ちどお様」

竹松が今度は急いで枡酒を運んできた。

虎次親方も縄暖簾の向こうから振り鉢巻の顔を突き出し、客の呑みっぷりを確かめようとしていた。いや、虎次の店にいる多くの客が五合枡を息も吐かせず呑み干した浪人に注目していた。

浪人は左手で枡を摑むと塩が盛られた枡角に口を持っていき、僅《わず》かに嘗めた。

そして、ふたたび枡の口から呑み出した。

その瞬間、幹次郎は視線の端に殺気が走るのを感じ取っていた。

枡酒が飛んだ。

右手が卓の下で流れ、腰に差し落とした朱鞘の柄《つか》にかかった。

幹次郎は咄嗟にその場に残っていた竹松を突き飛ばすと、股の間に寝かせていた剣を立てた。

ざくっ

と卓の脚が両断されて幹次郎が立てた剣の鞘に相手の刃が食い込んだ。

幹次郎は剣を支えに後方に跳ぶと背中合わせの客の体にぶつかった。それでも目で相手の動きを牽制《けんせい》しながら身を起こし、抜き打ちに斬りつけられた鞘の剣をゆっくりと腰に納めた。

「そなた、神守幹次郎を討ち果たしに参ったか」

卓の下で片手抜き打ちを遣った相手もまたゆっくりと立ち上がっていた。そして、剣の切っ先を幹次郎の額に向かって伸ばした。

「竹松さん、親方のところに逃げよ」

まだ土間に転がったままの小僧に命ずると、

「皆の衆、騒がれるな。ゆっくりと斬り合いの場から間を空けられよ」

と静かに告げた。

虎次の店の客ががくがくと頷くと店の奥と表口二手に分かれて避難した。

幅二間奥行き四間半（約八・二メートル）ほどの虎次の店の真ん中に、脚一本が切り飛ばされて傾いた卓を挟んで幹次郎と痩身の刺客が向き合っていた。

「そなた、名はなんと申す」

答えない代わりに中段につけていた剣がゆっくりと下降を始め、左の脇前へと切っ先が流された。

「そなた、名無しで骸を曝す気か」

幹次郎の挑発の言葉に眦《まなじり》がぴくぴくと動いたが、なにも答えない。

幹次郎は金沢城下外れの眼志流居合の師匠小早川彦内《こばやかわひこない》が巨漢の道場破り赤沢富《あかざわとみ》二郎《じろう》相手に遣った、

「横霞《よこがすみ》」

の軌跡を不意に思い出していた。

幹次郎は酒と梅の香りが漂う狭い店の中で、ゆったりと構えて静かに呼吸を整えた。

相手は店の外を睨み、幹次郎は店の奥に向かって立っていた。

ふたりの間合は半間（約〇・九メートル）とない。

左前に流された相手の切っ先が手首の捻りで返った。

その瞬間、痩身が幹次郎に向かって踏み込んできた。

踏み込みつつ細身の剣が浮き上がってきた。

幹次郎の手が柄に疾《はし》った。

白い光が腰間《ようかん》から延びて円弧《えんこ》を描き、相手の刃に絡んだ。

きーん！

と乾いた刃と刃が絡む音がした。

虎次は目を剝《む》いた。

なんと痩身の浪人の刀が物打ち下から両断されて、天井に向かって飛び、突き立った。さらに幹次郎の刃は相手の刃を切り落としたあと、斜め上方へ流れて痩身の胸から顎《あご》を斬り割って小上がりに飛ばしたのだ。

「眼志流横霞み」

幹次郎の口から呟きが漏れた。

小上がりに飛ばされた刺客の体がぴくぴくと痙攣《けいれん》した。

虎次の店は粛《しゅく》として声もない。

「親方、店を血で汚してすまぬ。町方を呼んでくれぬか」

と幹次郎が虎次に願い、幹次郎に突き飛ばされて死の刃から逃れることができた竹松が裏口から路地へと走り出ていった。

「神守様、知らない相手で」

とようやく落ち着きを取り戻した虎次が訊いた。

「初めて会った御仁でござる」

幹次郎は刃の血糊を懐紙で拭い、鞘に納めた。納めながら鞘を切り割られた刀の手入れをしなければなるまいなと考えた。

「それにしても相手の不意打ちをよくも見抜きなさったね」

「一杯目の枡酒を呑む構えと二杯目の構えでは違っておったでな」

「わっしら、こいつが枡酒を呑む手元ばかり見て、なにが起こったのか、さっぱり分かりゃしませんでしたよ」

と言ったとき、

「どけ、どけ、どけ！」

と乱暴な声がして未だ入り口に立つ客を蹴散らして御用聞きと手先が入ってきた。

「厩新道《うまやじんみち》の弥五郎《やごろう》親分さん、手間をかけてすまねえ」

と虎次が親分を迎えた。

「虎次、侍同士が斬り合いをしたそうだな」

じろり

と土間に倒れ込む着流しの浪人に尖った視線をくれた弥五郎が、

「相手はおまえさんかえ」

と幹次郎に訊いた。

「いかにもさようです」

「番屋に来てもらおうか」

弥五郎が幹次郎に言った。

「親分、斬り合いたって喧嘩じゃねえや。いきなりこの侍が神守様に仕掛けたんだよ。神守様は竹松を突き飛ばして助けた上で、客の皆を斬り合いの場から遠ざけて相手しなさったんだ。相手が一方的に斬りつけたんだよ」

「虎次、てめえ、いつからお上の御用を務めるようになった。おれに指図しようなんて身の程を知れ」

「親分、それはないでしょう。ここにいる全員が一部始終を見届けているんだ。話を聞いたあとに神守様の処遇《しょぐう》を決めてもいいじゃないか」

「おおっ、親方の言う通りだぜ。ここにいる全員が証人だ、なあ、みんな」

「おお、そうだとも。それをいきなり番屋はないでしょうが」

弥五郎が前帯に挟んだ十手《じって》を抜くと、

「てめえら、北町の岡部兼七《おかべけんしち》の旦那から鑑札《かんさつ》をもらう弥五郎の御用を邪魔しようというのか、どいつもこいつも番屋にしょっ引くぞ」

とこれ見よがしに振り回した。

「親分、それがしが番屋に行って済むこととなれば参ろうか」

と幹次郎が応じ、

「竹松さん、牡丹屋に知らせを頼む」

と小僧の竹松に吉原会所への連絡《つなぎ》を願った。

「神守様、直ぐに走るよ」

厩新道の弥五郎がじろりと竹松の行動を見て牽制しようとしたが、竹松はすでに表へと飛び出していた。

「刀をこっちに預けねえ」

弥五郎が幹次郎に顎で命じた。

「親分、そなたが番屋に参れと申すからこうして大人しく従おうとしているのだ。なにも悪いことをしておらぬ者が刀を御用聞きに渡せると思うてか」

幹次郎が弥五郎を睨み、弥五郎が、

「後悔するな」

と吐き捨てた。

二

北町奉行所の鑑札をいただくという御用聞きの弥五郎によって神守幹次郎は亀《かめ》井《い》町《ちょう》の番屋に連れていかれた。だが、弥五郎は直ぐに幹次郎の聞き取りをする風もなく、手先たちに命じて虎次親方の店から幹次郎が斬った刺客の亡骸を番屋に運び込む手配りをして、その間、幹次郎は放っておかれた。

幹次郎は致し方なく番太の老人が差し出す渋茶を啜りながら番屋の上がり框に腰を下ろし、弥五郎の調べが始まるのを待った。

痩身総髪の刺客の亡骸が戸板に乗せられ運ばれてきた。

幹次郎は改めて戸板に置かれた斬り取られた刀身を見た。鞘の長さからみて、刃渡りはやはり一尺九寸ほどか。

弥五郎は渋茶を啜る幹次郎を見て、舌打ちした。

幹次郎はそのとき、弥五郎がだれかを待ち受けているのではないかと思った。

「親分、こちらの身許は調べれば分かることだ。さらにその者がいきなりそれがしを襲ったことは虎次親方らの証言ではっきりしていよう。そろそろ放免してくれぬか」

じろり
と幹次郎を見やった弥五郎が無視したように、戸板に乗せられた刺客の傷口を手先に持たせた灯りで仔細に調べ始めた。そして、不意に幹次郎に視線を戻した。

「狭《せめ》え店の中で不意打ちを喰らって平然と応じて反対に抜き打ちを返す。これだけの腕前、江戸にもそうはおるまい」

弥五郎が揶揄《やゆ》した。

「恐れ入るな」

「たしかに尋常じゃあねえ」

「それがしも必死で抜き合わせた。まかり間違えばそれがしが骸になってこの番屋の土間に寝かされていたところだ」

「ふざけるんじゃねえ」

「ふざけてはおらぬ」

「おまえさんが近ごろ評判の吉原裏同心とはとくと承知の弥五郎だ」

弥五郎はねちねちと幹次郎に絡んだ。

「公方《くぼう》様から扶持《ふち》をもらっているわけでもねえのに吉原会所裏同心なんぞを名乗りやがって、ふてえ野郎だ」

「親分、他人様がそれがしをなんと呼ばれるかまでは知らぬ。そのような役職を名乗ったことはない」

弥五郎は幹次郎の返答を無視して、

「胸から顎にかけて深々と斬りつけた刀傷、何人も人を殺さなきゃあできる仕業じゃねえな」

と膝をついて痩身の刺客の傷を仔細に調べた。

「だから、その者がいきなり卓の下から右手一本の抜き打ちを放ってきたのだ。この技こそ尋常ではない。この者こそ血に塗《まみ》れた殺しの玄人《くろうと》だ。そちらをとくと調べてくれぬか。それがしがあの場で刃を抜き合わせねば大勢怪我人が出たぞ」

「ふざけるんじゃねえや。そうそう野犬を解き放ちできるものか。当分、大番屋の仮牢でこれまでの所業をとっくりと思い出してもらうぜ」

幹次郎はそのとき、弥五郎だけの考えで幹次郎が番屋に連れてこられたのではないことを悟らされた。

弥五郎はだれかが来るのを待っているのだ。あるいは番屋に放っておかれているのは、幹次郎が逃げ出すのを待ち、番屋からの逃亡という明確な、

「罪」

を犯させて大番屋送りにしようということではないか。

番屋の障子戸が開かれて町方同心がふらりと姿を見せた。

幹次郎の見知らぬ顔だ。

「弥五郎、こいつが吉原で裏同心を名乗る野郎か」

「岡部の旦那、そうなんで」

「ようやった、弥五郎」

と褒めた岡部が幹次郎に視線をやるといきなり、

「大番屋に移す」

と命じた。

「それがし、なんの咎《とが》で大番屋に送られるのかな」

「江戸町奉行所同心を騙《かた》った罪軽からず」

「親分にも申したがそれがし、そのような身分を僭称《せんしょう》したことはないぞ」

「弥五郎、刀を取り上げよ」

と岡部が命じ、弥五郎が、

「旦那の命だ、腰の大小をこっちに寄越しねえ」

「渡さぬと言ったら」

「面白《おもしれ》え、この番屋で暴れてみねえ、吉原の走狗《いぬ》め」

と弥五郎が挑発した。

そのとき、障子がふたたび開いた。

「お待ちなせえ」

吉原会所の四郎兵衛が姿を見せて声をかけた。

嫌な奴が姿を見せたという風情で岡部同心が視線を外に向けた。

「そなた様は北町奉行所隠密廻り岡部兼七様にございますな」

「それがどうした」

「神守幹次郎様の身柄、引き取らせてもらいます」

四郎兵衛があっさりと言った。

「四郎兵衛、吉原はたしかにお上が認められた色里だが、監督管理は江戸町奉行所直属支配である、忘れてはおらぬか」

岡部が大声を発し、四郎兵衛の貫禄に対抗しようとした。

「岡部様、なんじょうそのような大事を失念しましょうや。われら、どのようなときでも町奉行所隠密廻り同心の指導に従い、吉原の運営に日々精進《しょうじん》しております」

「ならばなぜ北町隠密廻りのおれの命を無視するか」

「岡部様の命とはどのようなことにございますな」

「この者、神守幹次郎に不審の儀ありしゆえ大番屋にて吟味致す」

「僭越至極《せんえつしごく》の命ですな、お断わり申します」

四郎兵衛が即答し、

「なにっ、僭越至極と申したか。四郎兵衛、増長《ぞうちょう》しておるな」

と睨むと前帯に挟んだ十手に手をかけた。

「いかにも申しましたが、増長はしておりませぬ」

「おのれ、その方《ほう》までしょっ引くぞ」

と岡部が行動を起こしかけたとき、亀井町の番屋にもうひとり加わった者がいた。

「岡部氏《うじ》、そなた、北町の隠密廻りには相違ない。じゃが、吉原面番所詰ではござらぬな」

颯爽《さっそう》と姿を見せたのは南町奉行所内与力代田滋三郎だ。

「代田様、この者、北町が取り調べ中の者にございます」

と岡部が抵抗した。

「だまらっしゃい」

代田が与力の貫禄で一喝《いっかつ》した。

「今月が南町の月番ということをお忘れか」

岡部が答えに窮《きゅう》した。

「聞けば神守幹次郎どのは刺客に襲われた当人、その刺客を見事斬り伏せて大勢に危害が及ぶのを防いだというではないか。そなた、同心の身でそのような道理も分からんで、大番屋に武士身分の神守どのを拘引《こういん》できると思うてか」

代田の舌鋒が鋭くなり、顔を歪めた岡部が沈黙した。

「四郎兵衛、神守どのを連れて会所に戻れ。あとは南と北で話す」

と代田が四郎兵衛に告げた。

「代田様、それは」

と岡部が最後の抵抗を試みた。

「岡部兼七、この話、すでに南町奉行山村《やまむら》様より北町奉行柳生主膳正久通《やぎゅうしゅぜんのかみひさみち》様に通っておる」

代田が岡部に止《とど》めを刺した。

神守幹次郎は番屋の上がり框から腰を上げると戸板に寝かせられた名も知らぬ刺客に合掌し、番屋の外に出た。するとそこに仙右衛門と身代わりの左吉が待っていた。

ふたりの友が無言で労いの表情を見せた。

「ご両者、恐縮にございます」

と幹次郎が詫び、ふたりはただ頷いた。それで互いの気持ちは通じ合った。最

後に番屋から四郎兵衛が姿を見せて、

「ささっ、参りましょうか」

と亀井町の通りを北へ、入堀《いりほり》の方角に歩き出した。

前方から冷たい風が吹いてきた。

気候の変わり目か、風に湿気が混じっていた。

「四郎兵衛様、ご足労《そくろう》をおかけ申しました」

「なんの、神守様、厄介に巻き込まれましたな」

四郎兵衛と幹次郎が肩を並べ、そのあとに仙右衛門と左吉が従う恰好になった。

「神守様、わっしが虎次親方の店に行くのが遅れたばっかりに神守様をえらい目に遭わせてしまいました」

と幹次郎の背後から左吉が言った。

「左吉どの、事情は親方に聞かれたか」

「聞かされましたとも。あの場にいた客の全員が残っておりましてね、口々に神守様の戦いぶりを興奮の体《てい》で話してくれましたよ。なんでも聞けば相手は座り居合を遣ったとか」

「左吉どの、技もさることながらそれがし、全く見覚えがない者であった」

四人は入堀に架かる土橋《どばし》に出た。すると会所の屋根船が石垣下に横づけされていた。

「左吉さん、神守様に話があろう。一緒に今戸橋まで参りませんか」

四郎兵衛が左吉を誘った。

「ご一緒致します」

四人は石段を伝って早速屋根船へと乗り込んだ。すると中には火鉢が置かれて五徳《ごとく》の上の鉄瓶が湯気を立ち上らせていた。

畳座敷の隅に若い衆の宗吉が控えて、酒の仕度を始めた。

ぐらり
と屋根船が揺れて土橋の石垣を離れた。

「神守様、気を揉《も》ませましたな、小僧さんは必死で牡丹屋まで駆けつけてくれましたがな、事情を聞いて代田様の同道を願うのが肝心と思い、その仕度にちと時間がかかりました」

「それがし、格別嫌な思いをしたわけではございません。それよりあの刺客がなにゆえそれがしを暗殺しようとしたか、そのほうが気にかかります」

「半刻、わっしが遅うございました。ために神守様に番屋見物までさせてしまった」

　と左吉が言い、

「あの着流しの刺客、本名かどうかは存じませんが、林崎《はやしざき》夢想流《むそうりゅう》から分かれた夢想影流《かげりゅう》居合の遣い手藤堂純也《とうどうすみや》という者にございます」

「左吉どの、こたびの一連の騒ぎと関わりがある者ですか」

　へえ、と左吉が答えた。

「彦根藩井伊家の武芸館初代総裁庵原実左衛門が彦根より連れてきた武芸者のひとりにございまして、江戸の武芸館で抜刀術教授方を拝命する内約があったようです。が、なにしろ人物が狷介《けんかい》でございましてな、江戸藩邸では教授方就任を躊躇《ためら》い、金子を渡して縁を切ることを考えたようです。そこで就任の条件に
……」

「神守様のお命奪うことを命じられましたか」

　と仙右衛門が訊いた。

「そういうことです」

　得心した幹次郎は首肯し、

「なかなかの遣い手にございましたぞ、左吉どの」

と言いながら疑問を口にした。

「あの者が彦根から江戸に参ったとは考えもしませんでした。虎次親方の店でいきなり左吉どのの席に座った瞬間、この者、江戸生まれかとそれがし感じましたゆえな」

「神守様、その勘、半分は当たっております。あやつ、十数年前まで内藤新宿に住まいしていた者、なんぞ江戸にいられなくなった事情があって江戸を離れて諸国を流浪し、この数年は京島原の会所に雇われて用心棒をしながら身過ぎ世過ぎを送っていたようです」

左吉が、
幹次郎は藤堂純也が幹次郎と同じような暮らしをしていたかと感慨を深くした。

「井伊様の中屋敷に潜り込んだはいいが、なかなか抜けるに抜けられませんでね、急に出入りが厳しくなったんでございますよ。そのせいで神守様に迷惑をおかけ致しました」

と詫びた。

酒の仕度が成り、

「まずは神守様、番屋に連れていかれて災難にござった。お清めの酒をお召し上がりくだされ」

と四郎兵衛が銚子を差し出した。

「お清めなれば」

と幹次郎が受けて、静かに口に含んだ。

それを確かめた一座に酒が回った。

「七代目、左吉さんの調べで番屋の骸の身許が判明致しました。そろそろこちらから仕掛けるときではございませんか」

「番方、まだ早いな」

「なんぞやることがございますか」

「こたびの騒ぎだが、吉原が仮宅の間、つまりはわれらの目が行き届かぬ間に沽券を集め、新装成った吉原に戻ってみると妓楼も引手も虫食いにして、会所の力を殺ぎ落とし、一挙に吉原を乗っ取る企てに間違いあるまい」

四郎兵衛が騒ぎの構図を改めて仙右衛門らに説明した。

「いかにもさように心得ます」

「まず黒幕の背後には大老の井伊家が控えておられる。井伊直幸様は田沼意次様に心を通わせた人物、田沼様失脚後、松平定信様の改革の最中とあって公然と叛《はん》旗《き》を翻してはおられぬ。じゃが、胸の中では田沼様復権を望んでおられることはだれもが承知の事実」

「はい」

一同を代表して仙右衛門が返答した。

「われら吉原が松平定信様に後見を願ったことも周知の事実、となると大老の井伊家と老中首座の松平定信様の代理の戦が、こたびの吉原乗っ取りであろう」

幹次郎らが頷いた。

「吉原の乗っ取りを画する背後には京島原の代理人一興堂風庵がある。そして、戦の実戦部隊は井伊家の武芸館総裁庵原実左衛門、その下に浪々の武芸者加治平無十次らが控えておる」

「四郎兵衛様、その加治平って大男の武芸者が江戸の武芸館の筆頭教授にございますよ。なんでも近々、庵原に代わって総裁になるという話が出ているそうです」

と言い出したのは、先ほどまで紀尾井坂の井伊家中屋敷に忍び込んでいた左吉だ。

「これでなんとのう吉原乗っ取りの企みが見えてきましたよ」

と首肯した四郎兵衛が手にしていた酒器の酒を嘗めた。

「武家というものは、算盤《そろばん》勘定を知りません」

「いかにもさようです」

幹次郎は、今ひとつの懸念、相模屋の帳付けの吉之助のことを考えていた。

「七代目、ちと気になることがございます」

と言い出したのは左吉だ。

「なんですな、左吉さん」

「北町の隠密廻り同心がなぜ吉原会所を向こうに回して神守様を番屋まで拘引する真似をしたかです」

「おお、そのことがございましたな」

「北町が井伊家とどこかで繋がりがあって、会所の懐刀《ふところがたな》の神守幹次郎様を失脚させようと狙っているということはございませんか」

左吉の推測に、

「うーん」

と四郎兵衛が唸り、

「そこまで気づかなんだ」

「七代目、左吉さんの推量は当たっておりますぞ。会所は南北両奉行所と等分に付き合いをしてきたつもりです。ですが、どうしても当たりがよいところと話が直ぐには通らぬところ、差が生じます。うちは南とのほうが話し易いのも事実にございます」

「相手は北に楔《くさび》を打ち込んだと番方は申されるか」

「へえ、そのことも考えておいたほうが宜しいかと存じます」

いつの間にか屋根船は入堀を抜けて大川へと出ていた。

「われらの手勢は井伊家の探索で手一杯」

「ならば七代目、わっしがそちらのほうは調べさせてもらってようございますか」

「頼もう、左吉さん」

四郎兵衛が即答し、

「番方、神守様、清水坂の井伊家中屋敷におる武芸館の面々を外に出す手はないものかな」

と言い出した。

千代田の城近くにある幕府重鎮《じゅうちん》井伊家の中屋敷にいくら吉原会所といえども

手出しはできない。ならば、と四郎兵衛は、

「外に出す策」

を考えているようだった。

「読売屋になんぞ書かせますか」

「読売屋な」

井伊家中屋敷から武芸館の面々を外に出す策をああでもないこうでもないと頭を捻り、ひとつの策が決まったとき、屋根船は今戸橋の船宿牡丹屋の船着場に到着していた。

三

江戸城の外堀は赤坂《あかさか》御門から西に向かい、直角に方向を北へと転じる。その内側に彦根藩井伊家の中屋敷一万四千百七十五坪の鬱蒼《うっそう》とした森が広がっていた。敷地は北を紀尾井坂《きおいざか》、西には堀を挟んで紀伊国坂《きのくに》、南は外堀に囲まれる鉄壁の立地だった。

神守幹次郎らは紀尾井坂上の外堀土手の一角にある喰違《くいちがい》土手の闇に身を潜め

ていた。

その昔、この界隈にのっぺら坊の化け物が出たという。

七代目四郎兵衛が率いる吉原は、田沼残党のひとりと目《もく》される井伊大老とその一派に対して密やかに総力戦の戦陣を調《ととの》えた。

井伊が倒れるか、吉原が潰れるかの戦だ。

四郎兵衛らは五丁町の町名主を牡丹屋に招いて現状を説明し、協力を願った。

三浦屋四郎左衛門ら吉原の実力者は、元吉原に庄司甚右衛門が得て以来の、

「御免色里」

の看板が揺るぎかねないと、四郎兵衛が意図する戦いに賛意を示した。

その結果、まず吉原の実力者らは井伊家中屋敷を囲む紀州藩、尾張藩の江戸家老、留守居役、用人と次々に面会し、井伊家に密かに圧力を加えることを願った。江戸の社交場吉原は政治の舞台でもあり、日ごろから大名の重臣らと密なる交際があった。

一方、四郎兵衛自身は老中松平定信と会い、実情を説明するとともに井伊家が画策する吉原乗っ取りを阻止《そし》する戦いに突入する決心を伝えた。

定信は即座に自らに代わって代理戦の前面に吉原が立っていることを理解し、

許しを与えた。その上で、
「戦いを隠密裡に短期間で終える」
ことを命じた。
彦根藩中屋敷に密やかに浪々の武芸者が出入りし、不穏な動きを示していると
いう読売が配られたのは、この日の昼前のことだ。
井伊家としても老中松平定信、御三家である尾張藩と紀伊藩の意向を無視して
中屋敷に巨漢の武芸者加治平無十次らを逗留《とうりゅう》させておくことはできない。
「絶対に井伊家では外に出す」
と吉原会所は読んでいた。
吉原会所では番方仙右衛門を頭に神守幹次郎、長吉、さらには若手の金次、宗
吉ら七人を選抜して実戦部隊を組織した。
その面々が松の内が明けたばかりの寒さの中で井伊家の出入りを見張っていた。
夜半九つの時鐘が響き渡った頃合、ちらちらと雪が舞い始めた。
喰違の土手に立つ首括《くびくく》りの松の枝に見る見る雪が積もっていく。
幹次郎は着慣れた道中羽織の下に袖なしの綿入れを着込み、道中袴に武者草鞋《わらじ》
で足元を固めていた。さらに頭には一文字笠《いちもんじがさ》を被ってしっかりと顎下で紐《ひも》を結ん

でいた。腰の一剣は鞘の修繕に出した無銘の愛剣に代わり、藤原兼定だ。

「そろそろ現われてもいい頃合ですがね」

と仙右衛門が愛用の木刀を握り締める幹次郎に呟いたのは、九つの時鐘から四半刻が経ったころだ。

雪はさらに激しさを増して、もはや堀越しに紀伊国坂を見ることはできなかった。

草鞋に雪が鳴る音がして、宗吉が姿を見せると、

「番方、表門通用口より十数人の一団が出てきやして、紀尾井坂をこちらに向かって参ります」

と報告した。

「ほう、やはり紀伊様と尾張様に出ていくところを見せるか」

と答えた仙右衛門が、

「巨漢の加治平無十次は一団の中におるか」

「それが見当たらないんでございますよ」

仙右衛門が幹次郎を見た。

「頭分でござる。退却するをよしとしなかったか」

「あるいは加治平をすでに井伊家の藩籍に加えたか」

と幹次郎と仙右衛門が話し合った。

江戸屋敷武芸館総裁に抜擢される加治平を彦根藩籍へ加え、井伊家と主従の誓いを立てたならば、もはや加治平は浪々の武芸者ではない、となれば井伊家から退出する理由はなくなる。

幹次郎の視線に紀尾井坂をひたひたと登ってくる一団の姿が入った。中には鞘を嵌めた長柄《ながえ》の槍を担いでいる武芸者も三人ほどいた。

幹次郎は一団が醸し出す雰囲気から、井伊家の家臣が扮《ふん》した偽装ではないと理解した。

「佃島に撤収する気でしょうな」

「番方、新たな隠れ家があるやもしれぬ」

と答えた幹次郎は木刀を握った拳に、
はあっ
と息を吹きかけた。

「番方、それがし、一団の前に先行致す」

「ならば金次を伴ってください。わっしらは一団の後方を追尾致します」

と予《かね》ての打ち合わせ通りに配置に就くことにした。

頷いた幹次郎に鉄棒《かなぼう》を手にした金次が従う構えを見せた。鉄棒の鉄輪《かなわ》は紐で結んで、音が出ないようにしてあった。

「よし、参るぞ」

「へえっ」

ふたりは喰違土手下に飛び出し、赤坂御門へと下り始めた。

雪は武者草鞋の跡がつくほどに降り積もっていた。

幹次郎と金次は赤坂御門から元赤坂の町屋の路地に姿を隠した。

武芸の心得のある多勢に対して、町人衆の吉原は無勢《ぶぜい》だ。そこで仙右衛門と幹次郎は話し合い、井伊家を追われた一団の道中に前後から奇襲戦で襲いかかり、一人またひとりと戦力を減らしていく作戦を立てていた。

「金次、それがしが一団を掻き乱す。そなたは一団から零《こぼ》れた者の隙を見て襲うのじゃ、無理は禁物、佃島までの繰り返しの長い戦いになるでな」

「承知致しました」

金次が鉄棒を撫して言い切った。

ひたひたと雪道に草鞋の音がして十数人の一団が紀伊国坂を下ってきた。

一団は御堀端沿いに東海道芝口橋《しばぐちばし》まで下って佃島への渡し場がある鉄砲洲に向かうか、あるいはどこぞに船を待たせているか。

幹次郎は長い戦いになると金次に言ったが、仕掛ける機はそうなかった。二度か三度の奇襲で相手の戦力を殺ぐ必要があった。

ともかく佃島沖に停泊する二隻の千石船、あるいは佃島の讃岐屋別邸に籠《こも》る一興堂風庵一味らとの本戦を前に何人井伊方の戦力を減じることができるか、今晩が勝負の分かれ目だった。

塗笠や菅笠を被って雪を避ける一団が幹次郎と金次の前を粛々と通過していく。中には雪仕度に蓑《みの》を纏《まと》っている者も半数ほどいた。

雪道のせいで隊列が間延びしていた。

本隊から離れた三人は槍組だ。肩に長柄の槍を担いでいる分、足の運びが遅くなっていた。

一行の通過を見送った幹次郎は、

「もそっと前にて待ち受ける」

金次に言うと、ふたりは元赤坂の裏路地伝いに雪道を走り、一団を追い抜くことにした。

幹次郎が戦いの場に選んでおいたのは外堀にある玉川《たまがわ》稲荷社、土地の者が観音院と呼ぶ裏伝馬《うらてんま》町《ちょう》一丁目の社《やしろ》の前だ。

紀伊国坂の長い雪坂を下ってきた一行はさらに隊列が延びていた。

最後の槍組は本隊から二十数間（約四十メートル）も離れていた。

「ふうっ」

と息を整えた幹次郎が木刀を握り締めて路地から飛び出した。

横手からの奇襲に槍三人組が気づいたとき、幹次郎が立ち竦んだ三人の懐に入り込んで、気配もなく木刀を胴から肩へと殴りつけた。

一瞬の間にふたりが雪道に倒れ込んだ。

残りのひとりが長柄の槍を捨て、剣の柄に手を回そうとしたとき、幹次郎の木刀が肩の骨を、
がつん
と砕いて雪道に押し潰していた。

雪道に人の気配がした。

一行を追跡してきた仙右衛門らだ。

「番方、それがしが順次隊列から遅れる者を襲うていく、後始末を願うてよい

か」

「神守様おひとりに汗を掻かせますな」

「本隊同士がぶつかり合《お》うては怪我人が大勢出よう」

「頼みます」

三人の始末を願った幹次郎と金次はすでに一丁先を進む本隊を追った。

次に幹次郎が本隊から落ちかけたふたりを間合の内に捉えたのは溜池《ためいけ》を左手に望む赤坂田町《たまち》の通りだ。

溜池を挟んである日吉《ひえ》山王大権現の社も杜《もり》も雪が隠していた。

幹次郎はふたりに数間と迫ったとき、足の運びを緩めた。

金次も従った。

そのとき、金次の持つ鉄棒の鉄輪が、
かちん
と鳴った。結んだ紐が弛《ゆる》んだせいだ。

ふたり組が後ろを振り向いた。

「何奴か」

道中嚢《ぶくろ》を背に負った中年の武芸者が低声《こごえ》で問うた。

「吉原会所の神守幹次郎にござる」

「おのれか」

もうひとりの武芸者が本隊に声をかけようとした。

そのとき、金次がするするとその者の前に出て、

「わっしは会所の若い者にございます、お相手を」

と鉄棒を両手に構えて見せた。

武士でもない若者に勝負を挑まれたのだ、つい本隊に危険を知らせることを忘れて、

「町人の分際で能登儀三郎《のとぎさぶろう》を蔑《さげす》むか」

と刀の柄に被せられた柄袋を捨てると剣を抜いた。

「金次どの、無理は禁物じゃぞ。それがしが教えた通りに動かせ」

「へえ」

金次の答えは落ち着いていた。

鉄棒はちりんぼうとも呼ばれ、四尺から六尺ほどの長さのものが多い。警防具として用い、また祭りを先導する役の者が鉄輪を鳴らしながら務める道具でもあった。

金次の構える鉄棒は長さ五尺七寸（約百七十三センチ）余、六百七十匁《もんめ》（約二・五キロ）と重い。

幹次郎は金次が鉄棒の先端を相手の足に突き出すように構えたのを見て、眼前の敵に集中することにした。

相手はすでに刀を正眼《せいがん》に置いていた。

幹次郎は無言で木刀を頭上に垂直に立てて構えた。

「そなた、薩摩示現流を遣うか」

「それがしに木刀の遣い方を伝授してくれたのはたしかに東郷重位《しげかた》様の流れを汲む老武芸者にござった。じゃが、教えられたのはわずかな日にち、あとはそれがし、河原に立てた流木の頭を木刀で殴り殴り独習した剣法にござる」

「拝見仕る」

すいっ
と相手が間合を詰めてきた。

示現流独特の跳躍の間合を取らせないためだ。

だが、幹次郎の動きは相手の予測を超えていた。

反対に間合を詰めて踏み込んだのだ。

もはや圧倒的な打撃を生み出す跳躍からの振り下ろしはない。

悠然と正眼の剣を右肩に引きつけつつ、呼吸を測った。

幹次郎らの対決の傍らで金次の鉄棒がじゃらじゃらと鳴った。

鉄棒の先を左右に振って相手の足元の動きを封じている音だ。

幹次郎の相手が五体を前屈みにして雪崩《なだれ》るように踏み込んできた。

幹次郎は動かない。頭上に突き上げた木刀を一気に振り下ろした。

相手の剣が幹次郎の喉首を襲い、木刀が肩口に落ちた。

剣と木刀。

太刀風《たちかぜ》が違うと相手は読んだ。

だが、腰の据わった幹次郎の打撃は相手の予測を超えて迅速に肩を叩き、その場に押し潰した。

ふわりと一歩跳び下がると金次の戦いに目をやった。

踏み込もうとする足元を金次の手に持たれた鉄棒が牽制して動きを封じていた。

「それでよい、金次」

「神守様、これじゃあ決着がつきませんぜ」

「いや、ついておる」

と幹次郎が木刀の先端をぐるりと回して金次の相手に突き出すと、

「形勢は決まった。命は助けて遣わす、どこへなりと参られよ」

と声をかけた。

「ふーむ」

と返事をした相手は雪道に倒れる仲間の様子を見て、急に戦意を喪失《そうしつ》した。

「命を助けるとはたしかか」

「たしかじゃぞ」

頷いた相手が赤坂田町の路地に逃げ込もうとした。

そのとき、雪を衝《つ》いて本隊が戻ってきた。

「逃亡は許さぬ」

頭分の声に金次の相手の足が止まった。

幹次郎と金次は本隊の七、八人と向かい合った。

「嘗めくさったな」

と相手の頭分が言うと蓑を脱ぎ捨てた。

「神守様、助勢致しますぜ」

幹次郎と金次に仙右衛門らが加わり、ほぼ同数の戦いになった。

吉原会所の面々は道中差、匕首に鉄棒、相手は刀だ。力では当然武芸者集団が上だ。だが、いつの間にか五人の仲間を失ったという弱みが微妙に効いていた。

一方、吉原会所側には乗っ取りを阻止せねば、庄司甚右衛門に申し訳ないという気持ちがあった。

技と力では相手方が優位だが気持ちの上で吉原会所が勝っていた。

七人と七人が雪の溜池土手でぶつかり合った。

幹次郎は木刀を頭上に立てると、初めて気合を発した。

きえいっ！

怪鳥の鳴き声が響き渡り、湿った空気を震わした。

その直後、幹次郎がその場で跳躍して相手方に躍りかかった。

一気に戦いの火蓋が切られ、幹次郎の木刀が頭分の脳天を叩いていきなり雪道に転がした。

これで吉原側に勢いがついた。

「それいけやれいけ」

と気勢を上げつつ金次の鉄棒が振るわれ、相手方の形勢を崩しにかかった。

その間を縦横無尽に幹次郎が飛び回って薩摩示現流の一撃必殺の技を振るい回った。

一気に形勢が傾いた。

相手方が逃げ腰になった。

「深追いはせずともよい。戦意を喪失した者は逃がすことじゃぞ!」

と、もはや幹次郎は金次らの牽制に回った。

「予ての場所へ退却じゃあ!」

と相手方が総崩れになった。

その瞬間、

「許さぬ!」

という大声が溜池土手に響き渡った。

敵も味方も一斉に声のするほうを振り向いた。すると巨漢が路地口を塞ぎ、その前に幹次郎が逃げよと許した武芸者が蛇に睨まれた蛙《かえる》の体《てい》で立ち竦んでいた。

「その方ら、町人風情《ふぜい》に後れを取り、武芸者の矜持《きょうじ》もなきや」

加治平無十次が気配も見せずに大剣を抜き放ち、立ち竦む配下の武芸者に向かって一閃《いっせん》した。

逃げる間もない攻撃で首が胴から離れると高々と虚空に舞い上がり、
どさり
と雪道に転がった。

恐怖に凍《い》てついたのは幹次郎らの前にいた残党たちだ。

「おのれ！」

幹次郎が木刀を構え直すと一気に十数間（約二十メートル）の間合を詰めようとした。

「神守幹次郎、そなたとは何《いず》れ雌雄《しゆう》を決す」

血振りをした加治平が赤坂田町の路地へと素早く姿を消した。

「ふうっ」

と仙右衛門が息を吐いたのが戦いの終わりの合図となった。

「死者は会所が葬る。怪我人を伴い、早々に加治平の手の届かぬ土地に立ち去りなされ」

幹次郎の声が恐怖に凍てついていた連中に現実を冷静に直視せよと教えた。

「どうする、中谷《なかたに》氏」

残った数人の者が話し合い、

「ともかく江戸を出ることじゃぞ」

と中谷が判断し、幹次郎に一揖すると仲間たちを助け起こして退却にかかった。

戦いの高揚《こうよう》を消すように雪が霏々《ひひ》と降り続いていた。

四

「才蔵爺」

と幹次郎は左吉を真似て鉄砲洲河岸に舳先を並べて停泊する荷船に呼びかけた。

すると船の一部に小屋を載せた荷船からごそごそと人影が出てきた。

「だれだい、雪が降る寒い晩によ」

「夜分に起こして相すまぬ、いつぞや身代わりの左吉どのと佃島に渡してもらった神守幹次郎だ」

「吉原会所の神守幹次郎様か」

と才蔵は幹次郎のことを覚えていた。

「また佃島渡りか」

「頼む、摂津からの船が未だおるかどうか確かめたい」

「昨日の昼前までは見かけたがのう」

答えながら才蔵が櫓の仕度をし、幹次郎が舫い綱を杭から外した。

「小頭、金次、乗りなされ」

幹次郎は舫い綱を握り、船が流されないように固定してふたりに促した。

赤坂田町の溜池の土手の戦いが終わったあと、仙右衛門と幹次郎が話し合い、二手に分かれることにした。

加治平無十次が吉原会所の反撃を承知している以上、即座になんらかの反応があるとふたりは考えた。

彦根藩中屋敷の武芸館の面々と、佃島の讃岐屋の別邸に二隻の千石船を合わせた一統の合流は、吉原会所の介入で阻止されようとしていた。

それに先立っては、井伊家に御三家の紀伊藩と尾張藩が注文をつけ、かつ元大老の井伊直幸に老中松平定信が釘を刺していたのだ。

田沼派の残党の頭目のひとり井伊直幸もそうそうに動けない。

そのことを仙右衛門と話し合った幹次郎は、赤坂溜池の戦いの後始末を仙右衛門ら四人に任せ、長吉と金次を伴い、佃島の様子を確かめに来たのだ。

雪の中、荷船が佃島に向かってゆったりと漕ぎ出された。

「神守様、井伊様もこれまでのように表立って動けますまい。いくら昨年までの大老とは申せ、ただ今勢いがあるのは老中松平様にございますでな」

「城中では、田沼派残党と松平様との睨み合いと暗闘がしばらく続こうな」

「わっしらは城外にある田沼派の芽を潰していくしかねえ」

「そういうことだ」

雪が横殴りに変わっていた。

だが、才蔵の櫓捌《さば》きは変わることなく石川島と佃島の前に隔《へだ》たる水路に荷船を入れた。すると波が静まり、荷船の船足が少しばかり上がった。

佃島の東側に出て吹雪《ふぶき》の中に越中島の沖合が見えた。だが、摂津から来た二隻の千石船の姿は忽然《こつぜん》と消えていた。

「昨日の昼前にはたしかに見たぞ。上方に帰る船旅ならば夜明け前の出船が常道だ、昼過ぎから碇《いかり》を上げたとはおかしなこった」

才蔵爺が呟き、

「わずか四半刻前に出たとは考えられぬか」

「神守様よ、それが真実《まこと》ならば、雪が降る夜半になんとも慌ただしいことだな」

と苦笑いした。

「才蔵爺、佃島に船を着けてくれぬか」

「波が荒いで、岩場は無理じゃぞ」

「もはや讃岐屋別邸の在り処は分かっておる。いずこなりとも任せよう」

あいよ、と承知した才蔵が荒れる海の中、舳先を巡らした。

佃島は東西にふたつに分かれた漁師町より成り、西側に島の守護神の住吉社があった。

才蔵は西島と東島を分ける水路の中ほどにある石橋下に荷船を泊めた。

「どれほど手間を食うね」

「讃岐屋が無人なれば直ぐにも戻れよう」

千石船二隻が姿を消した以上、讃岐屋の面々も一緒に船に同乗し一旦江戸を離れたと考えられる。

「ならば待つぞ」

「願おう」

幹次郎、長吉、金次は荷船から佃島の東島に上がった。

長吉は一見手ぶらに見えたが、着流しの胸の晒《さら》しに匕首を忍ばせていた。そして、金次は鉄棒を持参し、幹次郎の手には赤坂の溜池土手で使った木刀があった。

「京の連中、吉原乗っ取りを諦めましたかねえ」

「一興堂風庵、一筋縄ではいかぬと見た。とは申せ、公儀が佃島に捕方を入れるのは今日明日のことだ」

三人は雪道をひたひたと讃岐屋の別邸に迫った。すると遠くから、

ぎいぎいっ

という音が聞こえてきた。

讃岐屋別邸の正面の扉が風に鳴っていた。

「やっぱり蛻の殻か」

と長吉が片手を襟元に突っ込んだ恰好で呟く。

雪をうっすらと被った讃岐屋は森閑としていた。ただ扉が風に鳴る音だけが辺りに響いていた。

慌ただしく引き上げた気配が開けっ放しの扉にあった。

一行が門を潜り、金次が扉を閉じて閂《かんぬき》を下ろした。

そのせいで佃島から音が消えた。

先日、幹次郎が左吉と忍び込んだのは海側からだ。正面の表門から入ったのは初めてのことだ。

門から屋敷まで雪が降り積もり、式台のある玄関が開け放たれて見えた。ここにも早々に立ち退《の》いた痕跡があった。玄関前に履物が乱れて残り、土足の足跡が重なっていた。

「尻に帆かけて逃げやがった」

長吉が式台前の慌ただしい撤退の様子を見ながら言った。

幹次郎の五感は何者かが待ち受けていることを告げていた。

「小頭、われらの侵入を待ち受ける者がおる」

「えっ」

と百戦錬磨の長吉も驚きの声を漏らした。

「それがだれか」

「わっしらは三人ですぜ、突っ込みますか」

「小頭、ここまで来て引き返しもなるまい」

「へえ」

と答えた長吉が襟元に差し込んだ片手を抜いた。すると抜身の匕首が鈍くもぎらりと光った。

金次が鉄棒を構えた。

幹次郎は武者草鞋のままに式台へと上がった。
雪の降る気配が消えて、殺気が増した。
畳廊下を右手に回り込み、奥へと幹次郎が先頭で進んだ。続いて長吉が、さらに最後尾に鉄棒の金次が従った。
一間幅の畳廊下はかつての讃岐屋の威勢を示していた。その畳廊下を進むと前方から寒風が吹き寄せてきた。
雪混じりだ。ということは雨戸が開け放たれているということか。
幹次郎の足が止まり、木刀を持つ手がふたりを制した。
ばさり
と三人の左手の障子が突き破られて槍の穂先が突き出された。
その瞬間、一歩飛び下がった幹次郎の木刀が槍の千段巻《せんだんまき》を打撃していた。
ぼきり
と湿った音がして千段巻がへし折られて穂先が畳廊下に転がり、柄が引かれた。
次の瞬間、
ぼおっ
と座敷の中に灯りが点された。

幹次郎は必殺の突きではなく加減した様子を感じ取っていた。

長吉が障子を一気に押し開いた。

幹次郎は見た。

二十人ほどの武芸者が広座敷の左右に居流れて、三人の侵入者を見ていた。ふたつの座敷を繋げて大広間にした真ん中には襷掛けの武芸者がいて、柄だけの槍を携えていた。

「加治平無十次一統はすべて一旦退却したと思うたがな」

「神守幹次郎どのか」

「いかにもさようにござる。そなた様は」

「麻布御箪笥町《あざぶおたんすちょう》に風伝流槍術《ふうでんりゅうそうじゅつ》の道場を構える中山草兵衛家忠《なかやまそうべえいえただ》にござる」

風伝流槍術は竹内流《たけうちりゅう》三代目の中山源兵衛吉成《なかやまげんべえよしなり》が起こした流儀である。中山は初め越前大野《えちぜんおおの》藩松平家に仕えていたが致仕《ちし》し、江州《ごうしゅう》彦根城下に住まいして流儀を広めた。つまりは彦根藩に関わりがないとはいえなかった。

「加治平無十次の試合に合格なされた面々にござるか」

「いかにもさよう。われら、彦根藩武芸館にて、剣術、槍術、棒術等で師範に就く約定にござった。ところが急に解約の宣告を受け申した、つい先ほどのことにござる」

「加治平は約定を反古《ほご》となす曰《いわ》くを告げられたか」

「ちと予期せぬ異変が生じたゆえ一旦出直す。近々捲土《けんど》重来《ちょうらい》を期すゆえ時節を待てと言い残された」

「千石船で逃亡なされたな」

「いかにも。われらを乗せる余裕はないとも申された」

「失礼ながらそなたら、幕閣内の暗闘に利用されたに過ぎませぬ。どうかこの場をお引き取りくだされ」

「仔細は知らぬ。われらの望みを絶ったのは吉原会所と裏同心の役に就く神守幹次郎どのと加治平氏は言い残された。われら、武芸者の体面を軽んじられた怒り、当分消しようもない。神守どの、そなたと試合をなした上で引き上げる」

「中山草兵衛どの、もはやこの期《ご》に及んでわれらが勝負をなしたとてなんの意味がござろうや」

「武門の意地にござる」

中山が一統の頭分か、幹次郎との応対をひとり務めていた。

「われらがここで戦えばどちらかが命を落とす仕儀に至ろう」

「覚悟の前」

「ただ技量を決したいのであれば他日を期《き》されぬか」

「逃げ口上を申されるな」

「武芸者と武芸者が木刀を交える、それでお手前方の怒りも鎮まろう。ならば下谷山崎町津島傳兵衛様の道場にそれがしを訪ねて参られよ」

「なに、そなた、津島傳兵衛先生と関わりがあると申すか」

列座のひとりが声を上げた。

香取神道流の看板を掲げる津島道場は江戸で名が知られた剣道場だ。

「いかにもさようにござる。それがし、津島先生のもとで汗を流させてもろうておる」

と説明した幹次郎は、

「こたびの騒ぎにそなた様方が深く関わるならば、彦根藩の武芸館教授方就任どころか獄舎《ごくしゃ》に繋がれる目に遭う羽目になり申す。ここで一旦かの者たちと縁が切れたは、幸いにござった。どうかそれがしの言葉を信じてお聞き入れくださり、お引き上げくだされ」

一座がざわざわと話し合う気配を見せた。

「ならぬ」

と怒号が響き渡った。

髭面《ひげづら》の武芸者が木刀を手に立ち上がった。

「われら、一旦彦根藩への仕官を授けられし者、いきなりの時節を待てという言葉で済まされようか。今また吉原会所の用心棒ごときの甘言に惑わされて、どの面下げて元の道場に戻れるや」

と髭面が喚いた。

ざわついた座敷がふたたび沈黙に落ちた。

「どなたにござるか」

「上州馬庭念流《まにわねんりゅう》樋口十郎兵衛助高《ひぐちじゅうろべえすけたか》」

と名乗った樋口がどすんどすんと座敷の真ん中に出てきた。

「中山氏、貴殿は生温《なまぬる》い。こやつを叩き伏せた上で退却致さねば、それがしの肚の虫が収まらぬ」

と吐き捨てた樋口が幹次郎に、手にした木刀を突き出した。

「樋口どの、津島道場に訪ねて参られぬか。そこなればそなたとそれがし、なんの遺恨《いこん》もなく一介の武芸者として立ち合える」

「そのような甘言にはそれがし、乗らぬ」

「致し方ございませぬな。ちと仕度がござれば暫時《ざんじ》お待ちを」

幹次郎はすっと下がると、一文字笠と道中羽織に袖なしを脱いだ。それを金次が受け取った。

幹次郎は待ち受ける樋口の前に改めて進み出た。

その目の端に中山が折れた槍を仲間のひとりに渡してふたたびふたりの前に戻ってくるのが見えた。

「われら武芸者、いかなる時と場所で立ち合いが生じるやもしれぬ。この場のなりゆきにござる。中山草兵衛が審判を相務めさせていただく。ご両者異存はござるまいな」

幹次郎は無言で頷いた。

「異論なし」

と樋口が応じて互いが間合を取った。

上州馬庭念流樋口十郎兵衛は正眼に木刀を置いた。

念流兵法の流祖は神僧《しんそう》にして南北朝室町《なんぼくちようむろまち》初期の人、念阿弥慈恩《ねんあみじおん》に発する。東国を代表する流派である。

これに対して幹次郎は西国の流儀、

「薩摩示現流」

の構えを取って、木刀を高々と突き上げた。

「あいや、そなたの構えは東郷重位どのが流祖の示現流か」

と審判の中山が関心を示した。

「中山先生、いかにもそれがし、流浪の老剣客に東郷重位様の技と度量を習いまして ござる。とは申せ、薩摩本流示現流とはいささか技を異にしているやもしれませぬ」

幹次郎の説明に中山が頷き、樋口が、

「西国の剣法、なにほどのことやあらん」

と吐き捨てた。

両者がふたたび肚に気力を溜めて対峙した。

間合、一間とない。

野外戦を想定して駆け回り飛び回り、一撃必殺の打撃を繰り出す幹次郎には座敷は不利といえた。

薩摩示現流は走り、跳ぶ力を迅速と打撃に変える剣術だった。それだけに一撃が決まれば凄《すさ》まじい力を発揮した。それが、讃岐屋の座敷の戦いでは示現流の得意を封じられていた。

だが、今の幹次郎の想念にはそのような有利不利の考えはない。

ただ、樋口が仕掛けるのを待つ、その覚悟を決めた。

幹次郎の突き上げた木刀の切っ先と天井の間には一尺（約三十センチ）あるかなしかだ。

樋口十郎兵衛は、加治平無十次の眼鏡に適い、吉原会所との戦いの先鋒《せんぽう》を任されようとしたひとりだ。

神守幹次郎の力を即座に悟っていた。それだけに自ら仕掛ける無謀《むぼう》を諫《いさ》めた。

長い対峙になった。

遠くの部屋で若い女の喚く声がした。そして、

「あさくさの、市のみやげに、なにもろーたうつくしぃや、破魔弓《はまゆみ》に、はねに羽子板、金のついたるお松だけ、助や、助べだね」

「ほっほっほ」

と歌声が響いてこちらに近づいてきた。

「おりゃ」

と樋口十郎兵衛が自らに気合を入れた。

「きぇえっ」

と呼応した幹次郎の声が広座敷を震わした。

その声に誘い出されて樋口が正眼の木刀を引きつけると、滑るように畳の上を前進しながら木刀を幹次郎の眉間に落とした。

ちぇーすと!

東国の武芸者が聞いたこともない気合が讃岐屋の母屋を震わし、突き上げられていた木刀が踏み込んできた樋口の肩に落ちて、全力の打撃を前になんとか止まった。それでも打撃は痛烈で、
がつん
と樋口の五体に痛撃が走り抜け、その場に押し潰されていた。

「勝負あった!」

中山草兵衛の声が響き渡り、勝敗が決した。

「中山様、振り抜いてはおりませぬ、骨は砕けてはおりますまい」

幹次郎の言葉に一同茫然自失して声もない。

「そなた」

と中山がなにか言いかけ、言葉を呑み込んだ。

「ひとつとや、一夜あければにぎやかでにぎやかで、お飾りたてたる松飾りー」

不意に広座敷の真ん中に髷を乱した娘が裾から肌をあらわに姿を見せた。

「相模屋のおこうさんですぜ、神守様」

と長吉が驚きの声を上げた。

「姉か妹か」

「姉娘でさ」

幹次郎はおこうの目に狂気が宿っているのを見た。

なにが起こったか、察しがついた。大勢の男たちに乱暴されて正気を失ったのだ。

「なんてことを」

長吉が呟いた。

おこうが金次にゆっくりと視線を巡らし、

「吉、吉之助、どこに行かれる。私を置いてどこに行くのです」

と叫ぶと金次に飛びついた。

さすがに吉原会所の若い衆だ、女の扱いは心得ていた。金次が慌てる風もなく、

「おこうさん、吉之助はどこにも参りませぬよ」

とやんわりと受け止めた。すると、おこうが、

「相模の岩になにがある、
女郎衆、お金、なにがある」

とわけの分からぬことを歌った。

「まさか、こたびの騒ぎに吉之助が関わっているなんてことはございますまいな」

長吉が幹次郎に問うた。

「小頭、今は分からぬ。じゃが、われら、吉之助を捕まえて真実を吐かさねば会所の役目を果たすことはできまいて」

幹次郎は静かに応じた。

# 第五章　真鶴《まなづる》勝負

## 一

東海道の西の要《かなめ》、譜代中藩《ちゅうはん》十一万三千石の小田原藩大久保《おおくぼ》家の城下を昼下がり一丁の通し駕籠が通過した。

早川《はやかわ》を越えたところで、駕籠は山に向かう箱根道ではなく、海に沿った根府川《ねぶかわ》往還を選んだ。

駕籠には旅仕度の武士ひとりと吉原会所の長半纏《ながばんてん》を道中着代わりに着込んだ若い衆ふたりが従っていた。

神守幹次郎の目は穏やかな海を見つつ、駕籠に乗る者の様子や小頭の長吉と金次の足の運びを観察していた。

駕籠の主は吉原の五十間道にあった引手茶屋相模屋の番頭早蔵で、駕籠を貫《つらぬ》く棒から吊るされた紐をしっかりと抱えるように摑み、腹には臓腑《ぞうふ》を守って晒し木綿《もめん》をきりきりと締め込み、舌を嚙まないようにしっかりと顎を嚙み締めて両目を閉じていた。

えいほえいほ

早川を越えた根府川往還は海から段々と迫《せ》り上がって山道に入った。すると、相模灘《さがみなだ》が一行の眼下に望めるようになった。

江戸から小田原城下まで二十一里（約八十二キロ）余、並の旅人なれば箱根の峠越えを前にゆっくりと小田原宿に泊まるところだ。

あの夜、神守ら一行は佃島の讃岐屋別邸の騒ぎのあと、才蔵の荷船で山谷堀の船宿牡丹屋に相模屋のおこうを連れて戻ると、直ぐに幹次郎は四郎兵衛、仙右衛門のふたりに仔細を報告した。

「番方の報告で佃島の連中が姿を消すことは考えておりました。だが、まさか相模屋のおこうさんがこのような惨《ひど》い目に遭っているなんて考えもしなかった」

四郎兵衛が胸の苦しみを吐き出し、

「許せねえ」

と仙右衛門も呟いた。

「番方、神守様が申されること、どう思われますな」

「帳付けの吉之助がこたびの騒ぎに一興堂風庵らの手下として動いているのではないかということですな」

「いかにもその憶測についてです」

「七代目、神守様は正気をなくしたおこうさんの、吉之助を慕う言葉を聞いておられます。味方と思うた吉之助が敵方であったと知らされた驚きも含めて、おこうさんは正気を失ったとも考えられます」

「人というもの、認めたくない現《うつつ》に直面したとき、それを忘れるために他に目を向ける不思議な力を持っていると聞く。おこうさんは認めがたいなにかを佃島の讃岐屋で体験した、ゆえに正気を欠いておる。おこうさんは思いがけず吉之助に讃岐屋別邸で顔を合わせているような気がします」

四郎兵衛の言葉に仙右衛門が頷いた。

「神守様、なんぞ考えがございますかな」

と四郎兵衛が幹次郎に問いかけたとき、

「おこう様、お労《いたわ》しい」

と叫ぶ早蔵の声が牡丹屋に響いた。

幹次郎らが才蔵の船で戻ったとき、会所では直ぐに早蔵に迎えを出していたのだ。

「四郎兵衛様、江戸府内から一興堂一味が一気に上方へ立ち退いたという確証はございませぬ。この時期に江戸を離れるのはちと心苦しいのですが、それがし、相模屋の旦那が引き籠ろうとした岩村に参ろうかと思います」

「岩村な」

「吉之助がおるとすれば岩村かその周辺と思えます。また越中島沖より姿を消した二隻の北前船が一旦江戸から離れるとしたら、相模と豆州境のあの辺りは絶好の隠れ家かとも思えます」

「ひとつの考えですな。江戸はわれらがなんとでもします」

四郎兵衛が幹次郎の考えに即座に応じた。

「七代目、直ぐにも旅仕度にかかります」

「道中手形は吉原会所が出します。なりゆきだ、供には今晩一緒した長吉と金次のふたりを伴ってください」

四郎兵衛が手配りし、仙右衛門も、

「江戸の始末がついたら、わっしもあとを追います」

と言葉を添えた。

幹次郎は汀女の待つ長屋に帰ることなく旅装を調えた。

その様子を放心の体で見ていた早蔵が、

「神守様、そなたらが吉之助のあとを追うというのなれば、この早蔵を連れていってくださいまし。岩村は昔、旦那夫婦の供で参ったこともございますで、お役に立ちとうございます」

と言い出した。また、

「吉之助が岩村にいるなればあやつの素《そ》っ首《くび》引っ摑んで真実を語らせます。そうしなければ怒りが収まりませんよ」

早蔵はおこうの無残な姿を見て、吉之助への憎しみを募らせていた。

「早蔵さんの気持ち、分からんではないが」

早蔵は歳も歳だ。また吉原の大火のあと、急激に衰《おとろ》えた体力と気力で旅ができるかどうか、四郎兵衛らは案じた。

幹次郎らの道中は一刻を争う急ぎ旅だった。

だが、早蔵の執拗《しつよう》な懇願に四郎兵衛が幹次郎と目顔《めがお》で話し合い、

「番方、通し駕籠を品川宿から至急都合しなされ」

と命じた。そんなわけで早蔵が幹次郎らの旅に加わることになったのだ。

一行は吉原から政吉船頭が漕ぐ船で大川を下り、最前までいた佃島を横目に品川宿へと水上から向かった。一方、徒歩《かち》で先行していた仙右衛門らが岩村までの通し駕籠を手配していた。

早蔵を乗せる通し駕籠の担ぎ手は宿場で順に替わっていき、駕籠だけが岩村へと向かう寸法だ。

幹次郎一行は一日目に八里十八丁（約三十三キロ）余を走り通して戸塚宿《とつかしゆく》に到着し、数刻仮眠しただけでふたたび東海道に出ていた。

そして、二日目の昼過ぎには十里九丁（約四十キロ）を走破して小田原城下を通過した。

さらに相模灘が足下に見えるようになって根府川の関所が見えてきた。

小田原宿から、一行は東海道を一時離れ根府川往還を取っていた。

江戸から東海道で最初に越えねばならないのが箱根八里の峠だ。だが、三島《みしま》に出るための道は東海道だけではない。小田原から豆州熱海に出て熱海峠越えで軽井沢《かるいさわ》を抜けて三島宿で東海道に合流できる、根府川往還の、

「海道」

があった。

根府川往還の旅人を調べる関所が箱根の裏関所の根府川だ。

よろよろと駕籠から早蔵が降りて、長吉らは吉原会所が用意した手形を根府川関所を守る小田原藩の役人に提出した。吉原会所の手形には江戸町奉行所隠密廻りの添え書きがあることもあって、

「吉原が急ぎ旅とは女郎でも足抜《あしぬき》致したか」

とそちらに関心を示した。

「まあ、そんなところでございますよ」

「殊《こと》の外《ほか》、根府川往還を女が出るのは厳しいでな、この関所を女郎が抜けるなど有り得んぞ」

と役人が胸を張った。箱根も根府川も、

「入り鉄砲出女《でおんな》」

の取り締まりが眼目だ。

「そうは分かっていても妓楼の主はわっしらの尻を厳しく叩かれますでな、これも宮仕えの辛いところにございます」

「駕籠からひょろひょろ出てきたのが因業《いんごう》な妓楼の主か」

「いえ、番頭さんで」

「気の毒にのう、頬がげっそりと殺げておるぞ」

と役人に同情された早蔵がふたたびよろよろと駕籠に乗り込み、関所を出た。

「神守様、もはや岩村まで二里（約八キロ）とはございませんよ」

と駕籠の中から早蔵が言う。

「よう辛抱なされたな」

「吉之助のことを思うと死んでも死に切れません」

駕籠はだらだらとした九十九《つづら》折りの山道に差しかかり、駕籠舁《か》きの足の運びも並足になった。

「さて岩村に吉の野郎がおりますかねえ」

「江戸を出るときは吉之助が一興堂風庵一味に加担しておるという確信があったが、岩村が近づくにつれ、それがし、考え過ぎたのではないかと案じておる」

いえ、そのようなことはございませんぞ、と駕籠から長吉と幹次郎の会話に加わったのは早蔵だ。

「道中の間、吉之助が相模屋に奉公に出た日のことからつらつらと考えを巡らしてきましたがな、あやつ、一見忠義一筋にて周左衛門様に仕えておるように見受けられましたがな、帳簿に面をくっつけてだれにも顔を見せなかったのは、強《したた》かにも本性を隠しておったのではないかと思い当たりました。ひょっとしたら旦那と女将さんに隠居を勧めたのは吉之助ではございますまいか」

と駕籠に揺られて考えてきた推論を披露した。

一行は海に落ちるような急崖《きゆうがい》に刻まれた山道を、刻々と海の色が変わる相模灘を見ながら進んだ。

江ノ浦《えのうら》の集落に入り、小さな峠が一行を迎えた。

「駕籠屋さん、私を下ろしてくだされ」

と早蔵が小田原城下で継ぎ替えた駕籠舁きに言い、駕籠を停めさせた。

「岩村はもう少しです、歩いていきます」

早蔵が徒歩になったことで駕籠舁きが、

「旦那方、おれたち、ここから小田原に引き返していいかねえ」

と言い出した。長吉が、

「駕籠屋さん、すまないが空の駕籠を小田原まで運んでいってはくれまいか。帰路に立ち寄るからな」

と長吉が駕籠舁きふたりに酒手《さかて》を弾んで、江ノ浦の峠で一行は全員が徒歩になった。

峠を越えると海の景色が変わった。

段々畑の向こうに相模灘が見えて、小さな岬が突き出していた。

「あの岬の根っこが岩村ですよ」

夕暮れが近くなり、海が黄金色に染まろうとしていた。

下り坂になり、幹次郎らの足も早くなった。先頭に立ったのは早蔵だ。

「小頭、佃島を発《た》った北前船は一気に上方に向かっておるかな」

「船は風次第にございますよ。新酒を運ぶ早船はなんと摂津の沖合から江戸の新《しん》堀河岸《ぼりがし》まで四、五日で突っ走るものもございますそうな。かと思えば風待ち風待ちでひと月近くの日数を要するものもございます。意外とわっしらが先に岩村に着くなんてこともあり得ますぜ」

「小頭、私どもが待ち受ける岩村の浜に吉之助を乗せた船が入り込んでくるとよいのですがな、そんときは一網打尽にしてくだされよ、神守様」

と早蔵が幹次郎に願った。

「そのように都合よきことが起こるとも思えぬ。また、万が一そのようなことが生じても、われらは早蔵さんを入れても四人、相手は北前船二隻に加治平無十次ら彦根藩武芸館の猛者《もさ》連が何十人と乗っていよう。一網打尽どころか、勝負にもなるまい」

「ならばどうなさるので」

と早蔵が幹次郎に考えを質した。

「われら、吉之助が度々戻った故郷の岩村でなにを企てたか、それを調べに行くのが本筋でござってな」

「早蔵さんの気持ちも分からないじゃないが、北前船の連中と遭遇したんでは話もなにも、最初から計画の立て直しだ」

と幹次郎と長吉が早蔵の詰問にたじたじとなりながらも応対した。

「立て直しとは戦じゃな」

「早蔵さん、考えてみなされよ。相手方は北前船二隻に彦根藩武芸館の武芸者が分乗していよう。さらに水夫《かこ》を含めると一興堂風庵、加治平無十次らの総勢は四、五十人は数えよう。それに比べて、わっしらは神守幹次郎様おひとりが頼りだ」

「小頭、私はね、喧嘩は全く不向きですよ」

と早蔵が釘を刺した。

「だからさ、あやつらと出遭ったら出遭ったときの話だ。まずは岩村に到着して吉の野郎のこの数月の行動を探るのが第一のことだ」

長吉の説得に早蔵が、

ふうっ

と息をひとつ吐いて言い出した。

「まあね、なにを仕出かすか分からぬ相手です、致し方ありますまいな」

相模灘は今、濁った黄金色に染まった。

魚の鱗《うろこ》に似た金色の波がきらきらと光り、江戸から急ぎ旅をしてきた幹次郎らの旅情を誘った。

石垣を積んだ斜面に延びた根府川往還を行くとまた小さな峠に差しかかった。

「なんとしても日があるうちに岩村に到着したいものじゃな」

幹次郎の呟きに頷いた長吉が、

「早蔵さん、岩村に旅人を泊める宿があるかねえ」

と訊いた。

「気の利いた旅籠なんぞないよ。だけど、心配無用、相模屋の女将さんの実家に願えば五人くらいなんとでもなりますよ」

「それは早蔵さん、拙《まず》いぜ」

と長吉が言った。

「どうしてですね、小頭」

「吉之助は女将さんの遠縁じゃなかったか」

「それがどうかしましたか」

「この半年、岩村で周左衛門様の隠居所の仕度をしていたのは吉之助でしょうが。その次第によっちゃあ、いきなり女将さんの実家を訪ねていいものかどうか」

「そうかねえ、拙いかねえ」

と早蔵が首を捻った。

梅の香りが暗がりから漂い、小さな峠の頂《いただき》に差しかかった。

金次が頂に走っていった。そして、峠の向こうに見える海を見つめて立ち竦んだ。

「どうした、金次」

「神守様、小頭」

「なにがあったな」

「船だ、大きな帆船が二隻、碇を下ろしているぜ」

幹次郎と長吉が顔を見合わせ、早蔵が走っていった。

「岩浜に北前船が帆を休めてますよ」

幹次郎と長吉が最後に峠に立った。すると越中島に停泊していたと思える船影がふたつ並んで見えた。

「驚いたぜ」

と長吉が呟き、

「小頭、越中島沖から消えた北前船に間違いなかろうな」

と幹次郎が自問するように言った。

「間違いございませんよ」

と早蔵が喜色《きしょく》を見せた。

「神守様、江戸の内海から上方に向かう船は、金沢八景《かなざわはっけい》沖に停泊し、さらに三浦《みうら》岬《みさき》を回って相模灘に出ますな。そんとき、目指す風待ち湊《みなと》は網代《あじろ》にございますよ。岩村の沖合に二隻揃って北前船がいること自体がおかしゅうございますよ」

と早蔵が言い切った。

しばし一同は視線を北前船に預けて沈黙した。

篝火《かがりび》が点されたか、船が赤々と浮かび上がった。人影も見えたが峠からではそれが何者か分からなかった。

「いきなり二隻の船が泊まる岩村に乗り込むわけにいかなくなったな」

幹次郎の呟きに、
ぽーん
と早蔵が胸を叩いた。

「ここは一番相模屋の早蔵に任せていただきましょうか」

「相手にわれらがことを知られてはならぬぞ」

幹次郎が念を押し、

「といって北前船が望める場所がいいな、早蔵さん」

と長吉が言い足した。

「相模屋の番頭さん、腹を満たしてくれる家があれば助かるけどな」

と金次も呟いた。

「いいでしょう。北前船が目の前に見えて、飯が食べられて酒が呑める。そんな塒に案内致しますぞ」

急に元気を取り戻した早蔵が請け合うと、暗くなった峠道を浜に向かって下り始めた。

四半刻後、幹次郎の一行は、岩村の集落と入り江を見下ろす山寺、如来寺《にょらいじ》本堂にいて、白願《はくがん》和尚《おしょう》の読経《どきょう》を聞いていた。

ぐうっ

と金次の腹の虫が鳴き、勤行《ごんぎょう》が終わった。

和尚が幹次郎らを振り向き、

「まさか相模屋の周左衛門様と女将様が亡くなられようとはな」

早蔵が頼った先の如来寺は女将の実家の菩提寺とか。

四人が急に訪れたにもかかわらず、早蔵の顔を見覚えていた白願和尚は相模屋夫婦が亡くなったことを聞いて、本堂で供養をしようと経を上げたところだ。

「それにしても急な死にござったな」

和尚の疑問は当然のことだ。

早蔵が幹次郎らの顔を窺い、どうしたものかと目顔で訊いた。

「早蔵どの、われら、この山寺に一夜の宿を願ったのだ。事情をすべてお話ししましょうか」

和尚の言動から人柄を察した幹次郎が言い、長吉が賛意を示すように頷いた。

ならば、と早蔵が岩村を訪れた曰くを和尚に話し、幹次郎らも早蔵の話を補《おぎな》った。

「なんということか」

和尚は本堂の東側の窓に立ち、丸窓の障子を開いた。すると丸窓の中に二隻の北前船が篝火に浮かび上がって、梵天丸《ぼんてんまる》、安治丸《あじまる》の船名まで読み取れた。そして、対岸の岩村の浜を伝馬《てんま》が往復して乗り組みの人々を運ぶ様子が見られた。

白願和尚が幹次郎らを振り向き、

「伊豆《いず》の韮山《にらやま》で挙兵した源頼朝公が、この地を支配していた土豪の土肥《どい》氏とともに平氏《へいし》方の武将大庭景親《おおばかげちか》と石橋山《いしばしやま》で一戦を交えた。さりながら多勢に無勢のせいもござってな、敗れ、箱根山に潜んだのち、安房《あわ》の地に逃れた際に船が出た浜が岩浜にございますよ。その折り、頼朝公が潜んでいた鵐窟《しとどのいわや》がこの近くにございます。あやつらが頼朝公の顰《ひそみ》にならい、この岩浜を再起の地に考えておるならばとんでもないことですぞ」

と唆《そそのか》すように言った。

二

岩浜に面した網元《あみもと》屋敷からは大騒ぎする宴の様子が伝わってきた。

一興堂風庵に率いられ、彦根藩を後ろ盾に江戸の吉原を乗っ取り、京島原の雅《みやび》を移し吉原に栄華を打ち立てようとした一統は、吉原会所の政治力を見誤った分、仕掛けを間違えた。

大老を務める彦根藩井伊家が御三家の紀伊と尾張と老中松平定信の注文にああも早く屈しようとは、

「大きな誤算」

であった。

風庵は幕閣の、

「田沼憎し」

の空気を理解しなかった。

そのせいで仮宅の間に沽券を密かに買い集め、吉原再建の折りには賑々しく吉原に乗り込む策が頓挫《とんざ》した。

（なんとしても再起を）

と願い、一旦江戸の内海から北前船安治丸と梵天丸の二隻を引き上げさせた。

だが、この北前船は京の島原が江戸吉原乗り込みを策して資金を集めて船出させた二隻だった。なんとしても江戸に島原の足がかりを作らねば上方に戻るわけにはいかなかった。

そんな複雑な想いが交錯《こうさく》する宴が延々と続いていた。

だが、幹次郎らは一興堂らの苦衷を知る由もない。

幹次郎、長吉、金次の三人は漁《いさ》り舟に乗り込み、密やかに北前船の一隻の艫に接近していた。

船頭は如来寺の白願和尚が頼んだ岩浜の老漁師だ。

一統は数人の見張りを残して大半が北前船から陸《おか》に上がっていた。

北前船を急襲するには、幹次郎らの手勢はわずか三人である。なんとかこの岩村に二隻を足止めさせて、吉原の援軍を待つしか反撃の可能性はないように思えた。

そこで宴の間に北前船を捜索して、江戸から連れてこられたと思える未だ見つからない相模屋の妹娘おさんを助け出すことで船を外海に出させない方策をとることにした。

「こうして見ると北前船、なかなかの大きさにございますな」

と長吉が幹次郎に言った。

「一気に火を放って燃やすのが一番の策ですがね」

「それもこれもおさんどのを助け出してのことだ」

「いかにもさようでした」

北前船は岩村の浜の沖合二丁ほどのところに、舳先を相模灘に向けて停泊していた。二隻の間は十数間しかない。

幹次郎らが乗る漁り舟が艫下に接したとき、頭の上から声が降ってきた。

「兄さん、わてら、いつまで京者に江戸に行けや、今度は江戸から退《ひ》けやと命じられなならんのや。わい、京者の肚が分からんねん」

「わいかて分かるかい。親爺が決めたこっちゃ、黙って従うしかないやろ」

「それにしても江戸に乗り込めばよ、直ぐにも吉原がわてらの勝手になるゆう話やったが、ごつう旗色が悪いで」

「長いこと江戸に政《まつりごと》を握られてるがな、京や大坂は時勢に大きく後れたちゅうこっちゃで」

「ほなら、わてら、どうなりますねん」

「こう景気悪うては京にも戻られんがな。わいは当分、この辺の浜をうろうろするとみたがな」

「浜うろついてどないなるんや」

「まあ、そのうち、仲間割れやな。そんとき、わいらは摂津に戻れるな」

「呑気やな、兄さんは。銭はどないなる」

「親爺が決めるこっちゃ」

「兄さん、江戸の娘の味見をしようやんけ。三人もおるで、回しでどや」

「そんなことしてみい。あの大男の侍に首を引き抜かれるで」

「あやつはすかん、わいの肌に合わん」

「だれがあやつと肌が合う」

じょぼじょぼじょぼ
と幹次郎らが潜む北前船の艫下から数間離れた海面に連れ小便をする音が響いて、

「酒は呑めんし、娘は眺めるだけやし」

ぼやく声を最後にして気配が消えた。

「小頭、囚われ人はおさんどの他にふたりおるようだ。まず三人の娘を助ける。船にどう始末をつけるかはそれからだ」

「ようございます」

と長吉が請け合い、幹次郎がまず船腹から垂らされた縄梯子に手を掛け、足をゆっくりと乗せた。

ぎいっ
と縄梯子が鳴った。

幹次郎はその姿勢でしばらく様子をみた。だが、小便をしたふたり連れが気づいた様子はない。

「参る」

ふたりの仲間に告げると、木刀を片手に幹次郎は縄梯子をするすると上がり、船縁に手をかけると顔を覗かせて船上の様子を眺めた。

船尾に掲げられた灯りが淡く船上を照らしていたが無人だ。

幹次郎の耳に風に乗って浜から宴のざわめきが伝わってきた。

(あの分なれば当分船に戻ってくる様子はなかろう)

と幹次郎は木刀を手に、

ひらり
と船縁を越えた。

幹次郎が下り立ったところは艫櫓下《やぐらした》だ。闇に紛れてしばらく様子を見たあと、ふたりに合図を送った。

縄梯子がぎしぎしと鳴って長吉、金次と船に乗り込んできた。

漁り舟に船頭ひとりが残された。

幹次郎は櫓下の船倉を調べることにして、閉じられた厚板の扉に手をかけようとした。するといきなり内側から扉が開かれて汗臭い臭いが幹次郎の鼻腔を襲った。

「われはだれや」

連れ小便をしたひとりか、幹次郎といきなり鉢合わせして問うた。

幹次郎は手にしていた木刀の柄を水夫の鳩尾《みぞおち》に突っ込んだ。

くうっ
と呻き声を上げた水夫がくたくたとくずおれた。

「元吉《もときち》、どないした」

連れの兄い分か、梯子段を上がってくる気配がして、ふいに髭面が幹次郎の前に立った。ふたたび、幹次郎の木刀の柄頭が鳩尾に突っ込まれた。

金次が意識を失ったふたりの襟首を摑んで櫓下の船室に引きずり込んだ。

「金次、見張りを頼むぜ。おれと神守様でおさんさんらを助け出してくらあ」

長吉が言い残し、幹次郎を先頭に船倉への梯子段を下りた。すると酒、食べ物、汗、反吐《へど》などが入り混じった異臭が幹次郎の鼻を衝いた。

梯子段を下りたところは帆柱《ほばしら》下、上げ蓋天井と内壁で仕切られた十数畳ほどの空間で、彦根藩の武芸館の面々が過ごしている様子があった。天井が低い船倉の片隅に夜具、稽古着、防具、風呂敷包み、槍、薙刀《なぎなた》などが置かれてあった。

「人が暮らすところじゃござんせんぜ」

と長吉が呟いた。

換気が悪いせいでじっとりとした異臭が充満し、床板が波に揺られてさらに気分を害した。

「おさんさん方がいる気配はございませんな」

長吉が暗い船倉を見回した。

「あれではないか」

幹次郎が舳先下の床に船縁に沿って空いた一尺五寸（約四十五センチ）ほどの

穴を指差した。

「この下にも船倉がございますんで」

「千石船は三層になっておると聞いたことがある。一番下は船を安定させるため米俵など重い荷を積むそうな」

長吉が壁に掛けられた船行灯を外して手に持ち、穴に下ろした。

「神守様、いかにもまだ船倉が続いてまさあ」

ふたりが梯子を下りるとどこからともなく、

「み、水をくださいな」

と哀願《あいがん》する女のか細い声がした。

壁板で仕切られた船倉を今度は舳先下から艫に向かうと、中央に格子が嵌められた一角があって、三人の娘が寄り添うように狭い牢舎《ろうしゃ》の中に固まっていた。瘦せこけた体でぎらぎらとした目だけが光っている。

長吉が行灯を突き出すと三人の娘の顔が恐怖に歪んだ。

「相模屋のおさんさんはおられるか」

長吉が声をかけたが返答はない。

「安心なされよ。われら、江戸からそなたを助けに参った吉原会所の神守幹次郎に小頭長吉だ」

幹次郎も言葉を添えたが、娘たちの顔には恐怖が凍りついたままだ。

「吉原会所が分からねえか、長吉の顔を覚えていねえか」

長吉が格子の前に顔を突き出し、灯りを当てた。そして、長半纏の襟元を手で引っ張って見せた。

わああっ！

という声が起こった。

「私が相模屋のおさんです」

娘のひとりが頬の殺げ落ちた顔を格子に突き出し、叫んだ。

「あとの娘さんはだれだえ」

幹次郎は娘の相手を長吉に任せて、格子戸の一角に嵌め込まれた扉に閂が下ろされ、さらに錠が掛けられているのを認めた。

娘たちを助け出すためには錠を外す鍵が要った。

幹次郎は二層の船倉の壁に大斧《おおおの》が立てかけられているのを見た。

木刀を床に置くと大斧を手に錠前の前に立ち、

「娘さん方、錠を壊すで格子から離れてなされ」

と、おさんらを一旦下がらせ、一撃のもとに錠前を打ち砕いた。

「よし」

長吉が門を外すと嵌め込みの扉を開けて、

「ささっ、順に出なせえよ」

と三人の娘たちを牢舎から出した。

足音が響いて、

「神守様、小頭、奴らが戻ってきたぜ！」

金次が喚きながら姿を見せた。

「よし、退却じゃあ」

幹次郎は手にしていた大斧を金次に預け、自らは愛用の木刀を握った。

よろめき歩くおさんらを伴い、船甲板《かんぱん》に幹次郎がようよう戻ったとき、最初の伝馬船がすでに北前船に半丁と迫っていた。

「神守様、焼き払いますかえ」

と長吉が幹次郎に問うた。

「いや、この娘さん方を漁り舟に下ろすのが先じゃ」

漁り舟を舫った艫下の縄梯子からおさんらが自らの力で下りるのは無理と幹次

郎は見た。木刀を船上に残すと、

「御免なされよ」

と声をかけるとおさんの体を肩に担ぎ、縄梯子を跨《また》いだ。金次がふたり目の娘を担ぎ、長吉が最後の三人目を担いで縄梯子を下りた。

漁り舟は七人もの人を乗せて海が喫水ぎりぎりに上がった。入り江といえども岩浜へ漕ぎ寄せるのは難しい。

「小頭、娘さん方を如来寺に避難させてくだされ。それがしと金次でこの船の始末をつける」

幹次郎は金次を伴い、ふたたび縄梯子を上がった。

幹次郎が飛び込んだとき、伝馬船から彦根藩武芸館の面々五人が反対側の船甲板に上がったところだった。

「おっ、その方は」

幹次郎は木刀を握り直し、金次が大斧を手にした。

「金次、碇綱を切り落としてくれぬか。この者たちはそれがしが相手を致す」

幹次郎は金次に願った。一隻だけでも幹次郎らの手元に残しておくことで次なる策を生み出せると咄嗟に考えたのだ。

「合点だ」

金次が舳先から下ろされた碇綱のもとへと走っていった。

「わざわざ京からお越しの皆様方を、吉原会所の挨拶なしでお帰ししたのでは礼を欠こう。吉原会所神守幹次郎がお相手致す」

「なにを吐《ぬ》かすか」

五人が抜刀して散開した。

幹次郎も木刀を立てて構えた。

「神守様、小頭たちの舟が浜に向かって進んでますぜ」

と舳先から金次が幹次郎に教え、

「碇綱を切って落とすがいいかねえ」

「念には及ばぬ」

「おりゃ」

と大声を発した金次が碇綱を切った。これで新しい碇を調達しなければ船は動かせない。

その声に誘発されたように彦根藩武芸館の五人が幹次郎に走り寄ってきた。

幹次郎も走った。

「きええっ！」

奇声が北前船の船上に響き渡り、幹次郎が高々と虚空に浮かび上がった。

「こやつ、奇妙な技を遣いおるぞ！」

と一瞬、幹次郎に走り寄る五人の足が止まった。

次の瞬間、幹次郎の体の陰から木刀が躍り出て、
ちぇーすと！

叫びと一緒に幹次郎が落下し、五人の真ん中にいた武芸者の脳天を打ち砕き、さらにその体を押し潰すように船床に着地した幹次郎の体が一瞬、
すいっ
と沈み込んだ。次の瞬間、立ち上がると同時に木刀が八の字に振るわれてふたりの体が横手に吹っ飛び、残る両人が余りの早業に息を呑んだ。

「さ、薩摩示現流か」

「いかにも」

ふたりが気を取り直し、

「彦根藩武芸館を侮《あなど》るなかれ」

と叫ぶと突っ込んできた。

その瞬間、幹次郎の体は飛燕《ひえん》のようにひとりの武芸者に向かい、腰を叩くと、
くるり
と反転して最後のひとりに向き合った。
「その方ら、数を恃《たの》みに吉原乗っ取りを図ったようだが、加治平無十次以下、武芸者何名の集団ぞ」
幹次郎の言葉に思わず相手が、
「江戸にてそなたが相手した東国者とわれらを一緒にするでない。北前船を塒の
われら、一騎当千《いっきとうせん》の兵《つわもの》二十七人ぞ」
「そなたを含めて五人がすでに戦線を離脱した」
「吐《ぬ》かせ」
ふたりが同時に踏み込んだ。
剣の勢いを木刀が凌駕《りょうが》して左肩を打ち砕いていた。
ううっ
と呻いた五人目がきりきり舞いのあと倒れ伏した。
ゆらり
と北前船が揺れて漂泊を始めた。金次が碇綱を切ったせいだ。

幹次郎はそのとき、船縁に突き出されてこちらを覗く顔を見た。

武芸者ではない、町人だった。

「吉之助か」

「いえ、私は」

「いや、そのおどおどした目がなによりの証しかな」

幹次郎は船縁に走り寄ると男の襟首を摑み、ぐいっと一気に引き抜いて船上に転がした。

金次も大斧を手に男の元へ走り寄り、

「吉之助、てめえはようも吉原を、主の周左衛門様を裏切り、京島原に加担しやがったな」

と手の得物《えもの》を振りかぶった。

幹次郎が、

「そなたがまさか京島原の一興堂風庵なる者と手を携え、相模屋の周左衛門どのを破滅に導いたとはな、ようも策を弄《ろう》したな」

と言葉を添えた。

「私は知らぬ、なにも知らぬ」

「周左衛門どのと、女将のおさわどのを手にかけたはそなたか」

「いや、違う。私ではない」

「ではだれか、言わねば金次の大斧がそなたの素っ首を切り落とす」

「加治平無十次がやったのだ」

吉之助が叫んだとき、
ごつん
と大きく北前船が揺れて、不意を突かれた幹次郎も金次も床に転がった。

もう一隻の北前船がこちらの船に衝突した衝撃だった。碇綱が解かれ、出航しようとしているようだ。

吉之助が機敏にも立ち上がると舳先上に駆け上がった。絡み合う向こうの北前船へと飛び移ろうと考えたか。

だが、ぶつかった勢いで幹次郎らの北前船はふたたびもう一隻の北前船から離れようとしていた。

「助けてくれえ」

と吉之助がもう一隻の船に助けを求めた。

「吉之助、てめえを待っておられるのは番頭の早蔵さんだ！」

と金次が叫び、舳先上に駆け上がろうとしたとき、向こうの北前船から赤柄の槍が飛来し、舳先上で助けを求める吉之助の薄い胸を貫き通した。

げえぇっ！

と絶叫した吉之助が、

「一興堂風庵、騙したな」

と恨みが籠った声を上げた。その身はよろよろと舳先上でよろめき、

ああっ

という絶望の悲鳴を残すと岩村の海へと落下していった。

「糞っ」

と金次が罵《ののし》り声を上げた。

幹次郎はそのとき、向こうの北前船が帆を上げたのを見た。そして、船はゆっくりと相模灘に向かって突き進んでいった。

三

幹次郎は寺の庫裏《くり》の囲炉裏端で藤原兼定を股の間に立て、うつらうつらと眠り

込んでいた。すると早蔵の声が、

「神守様、起きてくださいな」

と気の毒そうに呼びかけた。

「むっ、迂闊にも眠り込んだか」

岩浜の入り江の騒ぎのあと、幹次郎らが乗っ取った北前船の梵天丸は岩村の集落とは反対側の如来寺下の前ノ浜《まえのはま》に乗り上げた。

「これは好都合」

とばかり幹次郎らは舫い綱で岩場に梵天丸を結びつけ、ひとまずおさんらが運び込まれた如来寺に戻った。すると娘三人は如来寺の小僧や男衆が沸かした湯に浸かり、お粥《かゆ》などの接待を受けて疲れを取るために休んだばかりとか。

早蔵が虚脱した顔で幹次郎らを迎えたものだ。

「神守様、おさんさんひとりだけでも無事であったのは相模屋にとって不幸中の幸いでしたよ」

「なんぞおさんどのはおまえ様に話しましたかな」

「いえね、頭が興奮に混乱していて話が取り散らかってしまう。それでもこの早蔵にあれこれと必死に訴えておりましたよ。それによりますと、年の瀬に父親の周左衛門様が沽券を売り渡した八百両の金子を受け取ったあと、この相州岩村に送り届けるとの話に乗り、越中島沖に舫われていた北前船に乗せられたんだそうで。その折り、梵天丸に乗せられる手筈がどういうわけか、伝馬が安治丸に漕ぎ寄せられて甲板に上がったそうな。そこで相模屋の四人は相州岩村におるはずの吉之助と偶然にも顔を合わせた」

「それはなんとも」

「驚いたのは吉之助ですよ。狼狽《ろうばい》する吉之助に周左衛門の旦那が、これ、吉之助、なぜおまえはこのような船に乗っておる、私が何度も岩村に文を送り届けたのになぜ返書を寄越さぬときつく詰問されたそうな。そこに一興堂風庵と加治平無十次が姿を見せて、梵天丸に乗せられて幽閉されるべき一家が安治丸に連れてこられた上に吉之助と鉢合わせしたことを知ったというわけです」

早蔵が一気に喋《しやべ》り、

「天網《てんもう》恢々《かいかい》疎《そ》にして漏らさず、悪事は露見するものですが、周左衛門様と女将さんにとっては不幸でした。加治平が訝る旦那と女将さんを、おこうさんとおさんさんの目の前で一気に刀で突き殺し、懐の金子を取り戻した様子なんでございますよ」

「なんとのう。おこうどのもおさんどのも新しい暮らしに旅立とうと思うていた矢先、悲惨にも親が殺される不運を目撃することになった。驚愕なされたことであろう」

「旦那がわしら奉公人にも内緒でこのようなことをなされた報《むく》いと申せば、むごい言い方でしょうかな」

と早蔵はどこか冷めた口調で言い、さらに、

「おこうさんとおさんさんは一旦安治丸から下ろされ、佃島の讃岐屋の別邸に何日か留め置かれたようなんで。そのころからおこうさんの様子がおかしくなったとおさんさんは言っております」

「当然のことじゃあ」

「それにしても吉之助の野郎にございますよ。この手で旦那方の仇を討たねば気が済みませんよ、神守様」

「吉之助は死んだ」

「えっ、死んだって」

幹次郎は経緯を告げた。

「なんと味方と思うた連中にあっさり殺されましたか」

と早蔵は嘆息《たんそく》した。

しばらく黙り込んでいた早蔵がぽつんと、

「旦那もどこかでこの話、怪しいと疑っていたんでしょうな。髷の中に身許を記した書付を結い込んでいたほどですからな」

と呟いた。その早蔵に幹次郎が訊いた。

「小頭はどうなされた」

「私に代わりましてな、女将さんの実家を小僧の道案内で訪ねておられますぞ」

周左衛門が隠棲《いんせい》の地にこの岩村を選び、その下準備に吉之助が奔走していたとなれば当然問い合わせる要があった。

「神守様、長吉さんが戻られるまで少しでも体を休められませぬか」

と早蔵が幹次郎と金次の体を案じた。

「ならばこの囲炉裏端でしばらく休もうか」

いつしか熟睡していたらしい。

「長吉さんが戻ってみえましたぞ」

と早蔵が言った。

「神守様、少しは体を休められましたか」

と言いながら庫裏に入ってきた長吉の顔に複雑な感情があった。

「吉之助はおさわさんの実家と連絡《つなぎ》を取っておりましたかな」

「それでございますよ」

長吉が草履を脱ぎ捨て囲炉裏端に上がってきた。

「今からおよそ八月前、去年の五月ごろのこと、一度たしかに吉之助が姿を見せて、相模屋の旦那が隠居所をこの界隈にと考えておるので、当たりをつけに来たと言ったことがございましたそうな。その折り、ちと網代に用事があると出かけたきり、姿を見せたことはないそうな」

「網代とはこの界隈の土地ですか」

幹次郎が訊いた。

「豆州網代は古《いにしえ》より摂津から江戸に向かう千石船の風待ち湊でしてな、船問屋も沢山《たくさん》ございます」

「吉之助はなにしに行ったのでしょうかな」

「吉之助め、この浜から網代に船で参ったそうで、幼馴染の漁師が送り迎えしております。奴は網代沖合に風待ちしていた北前船の安治丸に乗り込み、だれぞと二刻（四時間）にわたり内談をしたそうな」

「小頭、吉之助が早くから京島原と交渉を持ち、連絡を取り合っていた証しではありませんか」

頷いた長吉が、

「早蔵さんや、相模屋の旦那が隠居暮らしの元手にしようとした金子は、どうやら一興堂風庵の一味の懐に流れておるようですぞ」

「なんということか」

「吉之助は網代の帰りに幼馴染の漁師に、近いうちに吉原の妓楼の主になると自慢したそうな」

「盗人猛々《たけだけ》しいとはこのことじゃあ、あの大人しそうな面をして、ようも私どもを騙してくれたものよ」

と早蔵が吐き捨てた。

「吉之助をふん捕まえてすべて吐き出させるまでですよ」

「すまぬ、小頭。吉之助はもはやこの世の者ではないのだ」

幹次郎は長吉にも吉之助の死の経緯を語った。

「なんとあやつ、そのような死に方をしましたか」

「安治丸は上方へ逃げ去り、吉之助は死んだ。もはやこれで相模屋の再起はなくなりました」

早蔵が諦め口調で呟いた。

「金次はどうしてます」

と話柄を変えるように長吉が言った。

「最前まで神守様の傍らで寝ておったのじゃがな」

と早蔵が小首を傾げた。

「小頭、われらが手を打つべき策が残されておろうか」

「梵天丸の船中を探してなんぞ京島原が吉原乗っ取りを企てたという証しを探すくらいですか」

「二隻の北前船の長船《おさぶね》は安治丸じゃぞ、大事なものは安治丸に積んであろうな」

「となると吉原に手ぶらで戻ることになるか」

と長吉が歯軋《はぎし》りした。

「金次を待って、われらどうするか決めようか」

と幹次郎が力なく呟いた。

正月十四日に飾り餅を下げ、ひとまず正月は終わった。翌日の十五日は小正月、吉原でも小豆粥で祝う妓楼や引手茶屋があった。だが、仮宅商いの今、その風情も大川の両岸に散って寂しかった。

この日、汀女は長屋を出ると料理茶屋の山口巴屋に向かった。

いつもの日課だ。

(そうじゃ、幹どのの無事を願い、浅草寺にお参りしていこうか)

と思い立ち、随身門を潜ってなにやらいつもよりお参りの人が多いことに気づいた。

「あらあら、藪入《やぶい》りということを忘れていたわ」

汀女は自分の迂闊さに思わず呟いた。

小正月の十五日と十六日は奉公人が待ちに待った休みの日で、どこのお店でも奉公人に小遣いなどを持たせて実家に帰した。だが、遠い在所から奉公に出ている者は家に戻ることはできない。そこで江戸の各所に散る盛《さか》り場に繰り出した。

当然吉原の仮宅もふだん以上の賑わいを見せることになる。

(どちら様も書き入れどきですよ)

汀女はそう思いながら人込みを縫って本堂に近づいた。

その瞬間、背筋にぞくぞくとするような悪寒が走った。

敵意を持った眼が汀女を見ていた。

汀女はそっと辺りを見回した。が、その監視の眼がどこから放たれているのか分からなかった。

早々に参拝を終えた汀女は神経を尖らせながら、混雑する仲見世の通りを足早に広小路に出て、ほっと安堵した。

「神守様、小頭」

と金次が勢いよく如来寺の庫裏に飛び込んできた。

「どうした、金次」

と長吉が顔を向けた。

「安治丸を見つけましたぜ」

「なに、安治丸がまだこの界隈におるのか」

「土地の漁師が安治丸らしい船を三ツ石《みついし》の向こうで見かけたってんで、その漁師に案内してもらったんですよ。そしたらたしかに安治丸が福浦《ふくうら》って浜近くの岩場に碇を下ろしているんですよ」

「上方にも帰れぬか」

「いえね、相手方が安治丸の碇綱を上げたとき、梵天丸に衝突しやがった、そんときさ、安治丸の舵《かじ》が壊れたようなんで。真鶴岬の三ツ石を回ったはいいが、舵の故障を知って慌てて近くの入り江に船を寄せたって按配《あんばい》でさあ」

「金次、でかしたな」

「へっへっへ、怪我の功名《こうみよう》ってやつですかねえ」

と金次が幹次郎の褒め言葉に破顔《はがん》した。

「神守様、あいつら、風待ち湊の網代の船問屋に人をやって舵の修理をする様子なんですよ」

幹次郎は長吉と顔を見合わせ、

「われら、未だ神仏には見捨てられなかったな、小頭」

「相模屋の周左衛門様方の恨みが真鶴に安治丸を繋ぎ止めておるのでございますぜ」

と言い合った。

「修繕に二、三日かかるそうですよ」

「よし、まず安治丸の様子を見たいものだな」

「そう思って神守様、下の浜に漁り舟を待たせてございますぜ」

得意げな金次の言葉に幹次郎と長吉のふたりが立ち上がった。

真鶴岬は箱根火山が噴火した折りなどの溶岩が固まってできた安山岩《あんざんがん》の上に土が積もり、その上に鳥たちが運んできた実生《みしょう》が根を下ろすことで鬱蒼とした原生林となっていた。

真鶴で産出される安山岩は小松石《こまついし》と呼ばれる。安山岩は長持ちし、加工が簡単であることから奈良時代から石の切り出しが行われ、江戸城築城にも大量の真鶴産の小松石が使われた。

富士を背景に相模灘に突き出した岬はまるで、両翼を優美に広げて飛翔する鶴の姿のようで、

「真鶴」

と呼ばれる由来になったとか。

幹次郎は漁り舟に揺られて三ツ石を回りながら見る緑の岬に、

「豊穣」

という言葉を思い浮かべていた。

潮の匂いにほのかに梅の香りが漂うのは岬からか。

岬の浜に生える松などの樹木の影が漁礁《ぎょしょう》を生むとされた。さらに原生林から海に流れ出る滋養分を含んだ土を求めて魚たちが集まり、漁師に恵みを与えていた。

いかにも初春の日差しが穏やかに降る中に大きな鶴が海に向かって飛翔していた。

梅の香に　鶴舞う岬　相模灘

幹次郎は脳裏に浮かんだ駄句に独り苦笑した。

漁り舟は切り立った崖の続く浜伝いに真鶴岬の西側の黒崎《くろさき》へと回り込んだ。すると小さな入り江に帆を下ろした安治丸の姿が見えてきた。甲板に人影が見られた。

「どうします、近づきますかえ」

金次が幹次郎に訊いた。

「できれば、安治丸が真鶴に未だいるということをわれらは知らぬということにしておきたいな」

幹次郎の言葉に金次が漁師に、

「最前の岩場に舟を寄せてくれまいか」

と願った。

金次は幹次郎らに切り立った岩場の上から安治丸の様子を見せようと考えたようだ。

「おれが道案内を務めますぜ」

と金次が岩場に跳んで、幹次郎らも従った。

幹次郎らが上陸したのは石切り場だった。

金次は石切り場の左手の崖を野猿《やえん》のように登り、幹次郎らも続いた。

四半刻後、三人は松が生えた切り立った絶壁の上から眼下に停泊する安治丸の姿を見下ろしていた。

艫櫓から差し込まれた舵が引き抜かれて揚げ板の上に転がされていた。その周りに何人も人が集まり、動いていた。おそらく網代から連れてこられた船大工と船頭らが修繕の相談でもしている光景か。

幹次郎が舳先に視線を転じると、稽古着姿の武芸者たちがぞろぞろと船甲板に姿を見せた。そして、伝馬を使い、近くの岩場に上陸するのが見えた。

「暇潰しに浜で稽古をする気ですかね」

長吉が呟いた。

伝馬が何往復かして武芸者らを岩場に上げた。そして、最後に加治平無十次が武芸者らが待ち受ける岩場に上陸した。

彦根藩は戦国の昔から赤備《あかぞな》えとか、井伊の赤鬼と称されて恐れられた武士集団であった。その彦根がこたび武芸館を創立したには仔細があるはず、と幹次郎は考えていた。

赤備えは騎馬軍団を率いた武田《たけだ》一族が本家だ。

武田氏滅亡後、甲斐を支配したのは徳川家康だった。その徳川家康の四天王といわれた井伊直政《なおまさ》に武田の旧臣が預けられた。そこで井伊家も武田の赤備えを見習い、軍団を赤備えとした。

井伊家がその勇武を遺憾《いかん》なく発揮し、

「井伊の赤備え」

を世に知らしめたのは、小牧《こまき》・長久手《ながくて》の戦いで先鋒を務めて奮迅《ふんじん》した折りのことだ。

荒々しい黒崎の岩場では赤白の鉢巻をして二手に分かれた武芸者たちが実戦形

式の荒稽古を始めていた。

少しでも手を抜く者がいると見ると、加治平無十次が容赦なく木刀を食らわしたから、皆必死の稽古だ。

「神守様、難敵にございますな。なにしろうちは神守様おひとりが頼りだ」

「小頭、岩村にある梵天丸をこちらまで回航できようか」

「船戦でございますか」

「思案中じゃがな」

「さて、漁師らに頼んで、北前船が岬の東側から西側に回航できますかどうか」

「小舟と大船では扱いが違おうな」

「岩村に戻って如来寺の和尚に相談してみますか」

幹次郎はいつ終わるとも知れぬ岩場の荒稽古をもう一度確かめると、絶壁上に立ち上がった。


汀女が料理茶屋山口巴屋を出たのはいつもより遅い刻限だった。

さすがに藪入りの日とあって門前町界隈の仮宅はどこも大入りの客だった。大見世の三浦屋にはさすがに藪入りの恩恵を受けた奉公人が上がるようなことはない。だが、いつも以上の賑わいで、薄墨らは山口巴屋まで客迎えに出て料理茶屋の座敷で一時を過ごし、三浦屋仮宅へと客と一緒に戻っていった。

そんなわけで汀女の仕事はいつも通りに忙しく、六つ半（午後七時）過ぎに広小路を横切った。

すると浅草寺本堂前で感じた、

「眼」

がふたたびどこからともなく敵意と憎しみを放ってきた。

（どなたかは知らぬが汀女に用あらばござんなれ）

汀女は姿を見せぬ、

「敵」

に向かい、胸の中で言い放った。

四

ゆらり
と梵天丸が船体を軋ませて岩村の浜を後にした。

夜半過ぎの闇の中だ。岩村の漁師にとって海は自分の、「庭」だ。

とはいえ、乗り組んだ漁師らは北前船の帆を上げ下げするような操船に慣れていなかった。網元の親方を中心にああでもないこうでもないと言い合い、ようやく帆が上がった。

帰命山《きみようざん》如来寺の白願和尚の口利きがなければ、漁師たちも梵天丸を岩村前ノ浜から出し、真鶴岬三ツ石を迂回《うかい》して西海岸黒崎まで回航するなどという無謀はすまい。

だが、吉原五十間道の相模屋一家が陥った不運を和尚の口から聞いた岩村の漁師らは、

「おさわさんの供養だ、なんとしても仇を討つぞ」

と心をひとつにしてくれた。

幹次郎と長吉と金次の三人は、梵天丸が船出をしたのを確かめ、岩村から謡《うたい》坂《ざか》を登り、真鶴岬の尾根《おね》を西から東へと横断《おうだん》して黒崎の絶壁上へと向かった。

三人に土地の若者磯次《いそじ》が道案内に付き、四人だけの徒歩組だ。

幹次郎は如来寺に奉納されていた弓と木刀を携え、長吉が油壺《あぶらつぼ》、金次が火矢《ひや》を竹籠《たけかご》に入れて背負い、磯次が肩から斜めに綱を巻き、手に提灯を下げていた。

謡坂を上がって荒井《あらい》城跡の北側に点在する里を抜けると鬱蒼とした真鶴岬の御《お》林《はやし》に分け入った。後三年《ごさんねん》の役《えき》（一〇八三〜八七）で源義家に従った荒井実継《さねつぐ》の居館跡が荒井城跡といわれる。

どこをどう歩いているのか、幹次郎らには全く理解ができなかった。

尻掛《しっかけ》の辻から山道が急勾配になり、幹次郎らは磯次に従いただ登り、下った。

暗く深い森が御林だった。

武者草鞋を履いた足裏に何重にも堆積《たいせき》した落ち葉を踏んでいく感触が刻まれた。

それが御林が経てきた膨大な歳月を感じさせた。

黒々とした樹影は松、椎《しい》、楠《くすのき》の大木だ。

小田原藩大久保家が十五万本の松苗を萱原《かやはら》に植えて丹精《たんせい》したのが二百年近い歳月を経て鬱蒼とした真鶴の御林に育っていた。

きいっきいっ
と野猿が鳴き声を上げて、夜の侵入者を威嚇《いかく》した。

どれほど歩いたか、森の湿った空気に潮風が混じった。

いつしか森を抜けた一行は黒崎と亀ヶ崎《かめがさき》に囲まれた断崖絶壁の上に達していた。眼下に目をやると安治丸が眠りに就いているのが見えた。そして、三ツ石の方角に梵天丸の小さな船影がゆっくりと舳先を巡らしているのが見えた。

提灯の火を火縄に移して提灯は消した。

磯次が肩に巻いてきた綱の先端を幹回りが二尺（約六十センチ）以上もありそうな松に結びつけ、体をかけて縄目を固く締めた。

「わっしが先に下ります」

磯次がそう言うと綱の輪を海に向かって大きく投げた。

断崖の高さは十数丈（三十数メートル）ほどありそうだ。

綱を両手に握り、両足で岩場を踏ん張った磯次がするすると岩場から海に向かって姿を消した。しばらくすると、ぴーんと張っていた綱が撓《たわ》んだ。

「それがしが参る」

背に弓と木刀を負った幹次郎が続いて綱に縋《すが》った。

海風が足元から吹き上げてきて幹次郎の体を揺らした。

だが、先に下りた磯次が綱を保持しているので、大きく揺られることもなかった。

三尺ほど下った岩場に磯次がいて、幹次郎の体を支えてくれた。

磯次は一気に海まで下りることなく数丈（約十メートル）ほどの下降を繰り返しながら黒崎の岩場に辿り着こうとしていた。続いて金次が、最後に長吉が岩場まで下降してきて、ふたたび磯次が次なる下降にかかった。

四人がそんな下降を三度繰り返したとき、幹次郎らは海面から二丈（約六メートル）のところまで下っていた。そこはかなり大きな岩棚だった。

安治丸がわずか二十間（約三十六メートル）先に見えた。

梵天丸は亀ヶ崎と黒崎に囲まれた入り江に接近し、安治丸が相模灘へと逃れるのを塞いで停泊した。

不意に安治丸で叫び声が上がった。

梵天丸に気づいた見張りの声だった。

船甲板に武装した武芸者たちが次々に飛び出してきた。

そんな人影の中に宗匠頭巾を被った三人の姿があり、さらに非情な武術家、彦根藩江戸屋敷の武芸館総裁に就くはずだった加治平無十次もいた。

その加治平が落ち着いた声で、

「田付《たつけ》、大筒《おおづつ》を引き出せ」

と命じた。

彦根藩武芸館では砲術も教えるのか、安治丸には名前から察して流祖田付兵庫助《ひょうごのすけ》が元和の御世《みよ》（一六一五〜一六二四）に編み出した田付流の砲術方まで乗船させているようだ。

安治丸の甲板に筒が短い青銅製の大筒が引き出され、手早く口から火薬が装塡《そうてん》され砲弾が詰め込まれた。

幹次郎は背に負った弓を下ろし、金次は竹籠で運んできた火矢に種火から火を点けると幹次郎に渡した。

安治丸の一興堂一味は前方の梵天丸を注視していて、岩場に潜む幹次郎らの動きには気づいていなかった。

「砲撃準備よし！」

安治丸から声が響き、加治平の、

「よし」

と砲撃を許す声が応じた。すると砲術方が、

「田付流砲術、砲撃開始！」

と自ら叫ぶと火縄に火を点じた。

幹次郎も満月に弓矢を絞った。

「砲撃！」

の合図と一緒に短い砲身から弾丸が弧を描いて、朝まだきの亀ヶ崎と黒崎の入り江を塞ぐ梵天丸に向かって撃ち出された。

梵天丸船中にどよめきが起こり、必死で砲弾から逃れようとしたが的は大きく、距離も近い。ものの見事に砲弾が梵天丸の帆柱根元に命中して、帆柱を押し倒した。

「ひえっ！」

梵天丸に乗り組んだ漁師たちがうろたえた。

幹次郎はそのとき、きりきりと絞った弦《つる》を静かに指の間から解き放つと、火矢が虚空を飛んで安治丸の広げた帆の真ん中に命中し、帆が一気に燃え上がった。

「後方にも敵がおるぞ！」

安治丸から驚きの声が上がり、岩場の幹次郎らに視線が向けられた。

幹次郎はそれには構わず二射、三射と火矢を放ち続けた。こちらも目標は大きく距離は二十間ほどだ。火矢が逸《そ》れる心配はなかった。

安治丸では田付流の砲術方が二弾目を装塡し終えていた。砲口は梵天丸に向けられたままだが、船体が動き出した。急襲を受けて、舵が壊れたまま相模灘に逃れ、態勢を整え直すつもりのようだ。

安治丸の船体がぐらりと揺れて強引に梵天丸に突っ込んでいこうとしていた。壊れた舵、燃える帆で海に出ようというのか。

二撃目の砲弾が発射され、梵天丸の舳先に当たり、木っ端微塵《こぱみじん》に破壊した。

梵天丸に向かい、長吉と金次が、

「黒崎の浜に乗り上げよ！」

と漁師らに必死で叫んだ。

舳先を破壊された梵天丸はゆっくりと黒崎の岩場へと波に押されて流れるように動いていく。

幹次郎が放った何本目かの火矢が、田付流の砲術方が護持《ごじ》する火薬樽付近に突き立ち、ぱあっ、と火が辺りに飛び散り、火薬樽を炎が包んだ。

「わああっ！　火薬樽に火が入ったぞ」

今度は安治丸船上が混乱に陥った。

「落ち着け、樽を海に投げ捨てよ！」

加治平無十次が叫び、勇猛にも武芸館の面々が火薬樽を抱えた。

「伏せよ！」

岩場に立つ幹次郎が仲間の三人に命じると自らも岩場に這い蹲《つくば》った。その姿勢で四人は安治丸の船上に目をやった。

船縁に抱え上げられた火薬樽が海に投げられようとした瞬間、箍《たが》が弾けて飛んだ。樽の大きさが何倍にも膨らみ、閃光が走り、硝煙《しょうえん》が流れた。

ず、ずずーん！

右舷《げんそく》側船縁で爆発した火薬樽の破壊力は凄まじかった。一気に安治丸は爆発した右舷側へと横転し、そのせいで何人もが海に放り込まれた。

幹次郎らがいる岩場にもばらばらと安治丸の破片や積み込んだ荷の一部が降ってきた。

幹次郎は弓を捨て、岩場に立ち上がった。

すでに安治丸は戦闘能力を失い、彦根藩と京島原が描いた野望、「吉原乗っ取りと田沼派復権」の夢はひとまず相模灘の海に沈もうとしていた。

波間で帆が燃え、辺りの海を赤く照らしていた。海には投げ出された武芸者たちが浮かんでいた。

「小頭、戦は終わった。海に投げ出された面々を助け上げるぞ」

「へえっ」

と畏《かしこ》まった長吉が綱に縋って崖を一気に岩場へと下りていった。舳先を破壊された梵天丸もゆっくりと進路を変えて救助活動に移っていた。

幹次郎らは、最後の力を振り絞って海面に立ち泳ぎする人々に綱を投げ、棒を差し出して岩場へと引き上げた。

もはや彦根藩武芸館の面々は戦意を喪失して、幹次郎らの命に従順に従った。

「梵天丸の衆、怪我はないか」

幹次郎が救助の合間に、安治丸が船腹を曝す岩場に接近した梵天丸に叫んで訊いた。

「岩村のおさわさんの仇は討ちましたぞ。あんなひょろひょろ玉、岩村の漁師は喰らうものじゃねえよ、お侍」

と網元の声が返ってきた。

「神守様」

と金次の声に振り向くと、宗匠頭巾の恰好をしたふたりを金次が引き立ててきた。

「こやつら、どちらも一興堂風庵の影武者と言うんですがね」

海水に濡れたふたりの面をしかと確かめた幹次郎は、

「真の一興堂とも思えぬな」

と答えていた。

ふたりには一味を率いる面魂《つらだましい》が欠けていた。

長吉も姿を見せて、

「こやつらが影武者となると、一興堂風庵も加治平無十次も最前の爆発の折り、この海に沈みましたかねえ」

「小頭、あのふたりがそうそう簡単に死ぬとも思えぬ」

と幹次郎は騒ぎが鎮まりつつある黒崎の入り江から岩場を眺め回した。

「小頭、この場を任せてよいか」

「神守様、どうなさる気で」

「いくらあのふたりとて相模灘へは逃れていまい。ふたりが逃げ込んだ場所があるとすれば真鶴の御林じゃぞ」

幹次郎は最後まで携えてきた木刀を長吉に渡すと、崖から垂れ下がる綱へと向かって岩場を走っていった。

幹次郎がふたたび絶壁上に戻ったとき、三ツ石の方角から朝日が上った様子があって、海面が橙色《だいだいいろ》に染まった。

ぴいひょろろ

鳶《とんび》の鳴き声がして岬の空を飛翔し始めていた。

幹次郎は喉の渇きを覚えたが、飲む水とてない。

和泉守藤原兼定を腰に落ち着け、武者草鞋の紐を結び直すと一文字笠を被り直した。

息を吐き、大きく海の空気を吸い込むと鬱蒼とした森に走り戻った。

真鶴岬で一番高い地が灯明山《とうみょうやま》だ。小田原藩ではこの頂に三間四方の小屋を建て、夜間、灯明を点して船の安全を守った史実から、里では灯明山と呼ばれていた。

幹次郎は灯明山の頂への坂道の途中にいた。

海には光が戻っていた。

だが、灯明山一帯は鬱蒼とした樹林のせいで薄闇が支配していた。

この薄闇に殺気が込められているのを幹次郎は最前から察していた。

真鶴の御林を支配する魑魅魍魎《ちみもうりょう》か。それとも海を逃れた一興堂風庵、加治平無十次か。

　呼吸を整えた幹次郎が灯明山の頂に向かい、さらに一歩を踏み出したとき、楠の大木の根元からばたばたと野鳥が飛び出してきた。

一瞬、幹次郎は足を虚空に止めたあと、山の斜面下に身を投げていた。

幹次郎は羊歯《しだ》の斜面を転がりながら、槍が二本、三本と幹次郎が今までいた坂道に突き立ったのを見ていた。

　幹次郎は自生する蔓《つる》に縋って転落を食い止め、跳ね起きた。

　灯明山の坂道に加治平無十次の巨体があった。

「そなたには手ひどい目に遭わされた。しかしそなたの運もこれまで」

　加治平が宣告すると黒漆塗《うるし》の鞘から悠然と大剣を抜いた。

　刃渡り三尺に近い豪剣だ。

「崖下からそなたの得意、薩摩示現流、遣えるや」

　幹次郎は藤原兼定を腰間に落ち着けた。羊歯の斜面を転がったとき、幹次郎は鞘と鍔《つば》を左手で押さえつつ、刀を守っていた。

「参る」

　加治平が坂道から斜面下の幹次郎に向かい、跳んだ。そして、羊歯の斜面に着地すると豪剣を右肩に負うように立てて間合を詰めてきた。

幹次郎は兼定を抜くことなく羊歯の斜面を横走りに移動し始めた。

加治平も幹次郎の横走りの退路を断つように方向を斜めに転じてきた。

斜面上から駆け下りる加治平に勢いがあった。

ふたりの剣者は楠や椎の大木の上下に分かれて一瞬相手の姿を視界から失うことがあった。それでも両者が交わる一点、生死の境へと走り続けていた。

これまで見たこともない楠の巨木がふたりを分かった。

楠の巨木を抜けた加治平は、幹次郎の姿がないことに気づいた。

「逃がしはせぬ」

加治平は足を止めると楠の巨木下へと回り込んだ。

その瞬間、加治平は巨大な怪鳥の叫び声を頭上に聞いた。

きえぇいっ!

加治平は楠の巨木に沿って視線を上に向けた。すると鬱蒼とした樹林の枝葉に覆われた御林の空に神守幹次郎が跳躍する姿があって、その手にはいつ抜き放ったか、二尺三寸七分の和泉守藤原兼定が閃き、加治平無十次の巨体に伸しかかるように飛来してきた。

「おのれ」
加治平は右肩に付けた刃渡り三尺の豪剣を虚空の幹次郎に回そうとした。ために剣を振り下ろす想念を上空への攻撃に向け直す、
「間」
が生じた。
その隙を突くように幹次郎の体が加治平無十次の視界を覆い尽くし、
ちぇーすと！
の叫び声とともに加治平の脳天に、
すいっ
と藤原兼定の刃が吸い込まれ、幹次郎の体が巨体に伸しかかって押し潰した。
幹次郎は、
ごろり
と加治平の巨体の傍らに寝転ぶと荒い息を吐き続けた。
重なり合った葉叢《はむら》の向こうに空がちらちらと見えた。
「神守幹次郎、おまえ様ひとりにあんじょう虚仮《こけ》にされてしまいましたがな」
がばっ

と幹次郎は半身を起こした。

灯明山の頂に一興堂風庵の宗匠姿があった。

幹次郎はいつぞや吉原の焼け跡に見た姿だと確信した。

「すべて端《はな》から立て直しどすわ」

「京島原は吉原乗っ取りを諦めぬと申すか」

「えらいいたぶられようや、手勢も金子も失いました。諦められるものかどうかとくと考えなはれ」

一興堂風庵はそう幹次郎に宣告すると、
ふわり
と灯明山の樹林に姿を隠してしまった。

だが、幹次郎には一興堂を追う余力は残っていなかった。

ふうっ
と息を吐くとよろよろと立ち上がり、楠の巨木に身を凭《もた》せかけた。

汀女はいつものように随身門から浅草寺境内に入り、本堂の石段を上がった。

なにがしかの賽銭を投げていつものように、

「幹次郎一行の道中安全」
と、
「一日も早い吉原再建」
を胸の中で念じた。
本堂から回廊に出て階段を下りる前に境内を見下ろした。
伝法院の庭からか、梅の香りが馥郁《ふくいく》と漂ってきた。
(そろそろ梅も終わり)
と階段を下りかけて、杖に縋って本堂に向かってくる年寄りの姿に汀女は目を
留めた。
たしかな勘があったわけではない。汀女は、
ふうっ
と年寄りの進路から身を外した。
その瞬間、年寄りの杖が躍り、仕込み杖の刃が煌いて汀女に突きかかってきた。
汀女は胸に抱えていた風呂敷包みを年寄りに向かって投げた。
包みには『元禄俳諧集《げんろくはいかいしゅう》』など数冊の書誌が入っていた。
重い包みが年寄りの胸に当たり、体の平衡《へいこう》を崩した年寄りが階段をごろごろと

転がり落ちると、階段下で、

ぎえいっ

という絶叫を上げた。

汀女が見ると転がる拍子に仕込み杖の切っ先が喉元を突き破った様子で、血潮が本殿下に流れ出た。

汀女は顔を初めて見た。全く見知らぬ年寄りだった。

野次馬のひとりが叫んだ。

「ちょぼ一の勘太郎《かんたろう》親分と違うかえ」

「おうおう、掏摸の親玉、焼きが回ったかねえ。仕込み杖なんぞ振り回して女を襲う馬鹿がどこにいる」

「それも浅草寺の本殿前だぜ、罰当たりもいいとこだ」

「そうだ、この正月、娘と娘婿が吉原会所のお侍に捕まらなかったか」

「そんなことがあったな」

と叫んだひとりが汀女を見上げた。

汀女は野次馬の男衆の話を耳にして、元日、浅草寺境内で幹次郎が捕まえた掏摸一味の親分が恨みに思い、自分をしつこく付け狙っていたかと気づかされた。

汀女は、苦悶の表情の勘太郎から伝法院の梅の香りを嗅ぐように視線を移して、
（幹どの、早《はよ》う戻ってこられぬか）
と考えていた。

二〇〇八年十月　光文社文庫刊

光文社文庫

長編時代小説
沽《こ》券《けん》 吉原裏同心《よしわらうらどうしん》(10) 決定版
著者 佐《さ》伯《えき》泰《やす》英《ひで》

2022年8月20日 初版1刷発行

発行者 鈴木広和
印刷 萩原印刷
製本 ナショナル製本

発行所 株式会社 光文社
〒112-8011 東京都文京区音羽1-16-6
電話 (03)5395-8149 編集部
8116 書籍販売部
8125 業務部


ISBN978-4-334-79339-5 Printed in Japan



組版 萩原印刷